Nicole Kolisch / Harald Havas

Witzige Worte über Österreichs Orte

Schüttelreime für mehr als 700 Dörfer und Städte

UEBERREUTER

Für meinen Vater, Heinz Kolisch, selbst ein begnadeter Wortakrobat, der mir in unzähligen Geschichen, Gedichten und Blödeleien seine Liebe zur Sprache vererbt hat.

Und für Kiara und Milou, in der Hoffnung, diese Liebe nun an die nächste Generation weitergeben zu können.

ISBN 978-3-8000-7294-1

Covergestaltung und -illustration: Christian Thomas, www.concept8.com

Druck: Druckerei Theiss GmbH, A-9431 St. Stefan i. L.
7 6 5 4 3 2 1

Ueberreuter im Internet: www.ueberreuter.at

Inhalt

Vorwort

Die meisten Menschen kreischen vor Vergnügen, wenn sie das Wort Schüttelreim hören: »Jaaa, super! Ein Schüttler, ich liebe Schüttelreime!« Und immer wieder staune ich, dass selbst fanatische Schüttelliebhaber oft nicht verstehen, was einen Reim zum Schüttelreim macht; ein Phänomen, das es wert wäre, einmal genauer untersucht zu werden.

Für den wahren Schüttelprofi steht immer der Witz im Vordergrund, die gelungene Story in zwei Zeilen. Die Technik, die Beherrschung des Handwerks, der funktionierende Mechanismus, auf den der Laie so stolz ist, wird vom Meister nur mit einem müden Lächeln quittiert und als selbstverständlich hingenommen.

Die meisten Schüttelreimer sind vom Schütteln befallen wie von einer Manie, und diese Krankheit, der man entweder ganz oder gar nicht verfällt und die überdies nach derzeitigem medizinischen Wissensstand als absolut unheilbar gilt, kehrt meist in periodischen Schüben wieder. Wann diese ausbrechen, bleibt allerdings auch für die Wissenschaft weiterhin im Dunkeln und den Befallenen bleibt nur die unverbrüchliche Solidarität in Selbsthilfegruppen mit anderen Befallenen. Die einzige Möglichkeit, zumindest die Zeitabstände zwischen den Anfällen in einigermaßen erträglichem Maß zu halten, ist radikale Abstinenz. Unmittelbar und ohne Vorwarnung nämlich wird man von einem heimgesucht, ausgelöst etwa durch einen harmlosen Scherz eines Ahnungslosen, der über einen dicken und aufdringlich parfümierten Nebenmenschen witzelt: »Schicker Duft, dicker Schuft, hi hi!« Und schon ist es um einen geschehen. Abrupt und in voller Stärke setzt der Anfall ein und man ist haltlos.

Von der Todesnachricht bis zum Ehestreit, von wichtigsten Gehaltsverhandlungen bis zu Gesetzestexten, von Liebesschwüren bis zu Trauerreden – einmal befallen, spaltet man sich in zwei Ichs: Das eine ist erschüttert, streitet, verhandelt, spricht Recht, schwört ewige Treue und preist den Verstorbenen, das andere Ich schüttelt gleichzeitig all das. Oft ist es zum Verzweifeln – zwereifeln – nein, das ist keiner, schade! Es ist ja meistens keiner, aber manchmal doch,

und ganz selten – so muss Erleuchtung sein – kommt es zum Höhepunkt. Und wie der Mensch nun einmal ist, giert er süchtig und immer von Neuem nach dem Höhepunkt, kaum dass die wohligen Nachwehen des letzten nachgelassen haben.
Alles wurde schon verschüttelt, selbst der Hamletmonolog und die Ilias. Und auch wenn ich selbst schon etliche Städtenamen verschüttelt habe, ein Büchlein nur mit geschüttelten österreichischen Ortsnamen ringt mir Respekt ab und ich wünsche dem Buch und seinen hoffentlich vielen Lesern geschütteltes Vergnügen unter dem Motto:
Was sicher nicht ihr bei so manchem Orte wisst:
wie schüttelbar er mit verdrehtem Worte ist!

Miguel Herz-Kestranek, Schüttelmaniker, Autor von zwei Schüttelbüchern und Inhaber der wahrscheinlich weltweit größten Schüttelreime-Website (www.schuettelreime.at).

Zum Geleit

Franz Mittler, österreichischer Großmeister der Kunst des Schüttelreimens, schüttelte einst den Klassiker:
Einem Mutigen bangt selten –
warum graut dir vor St. Pölten?
Zwar blieb das nicht der einzige von Mittler geschüttelte österreichische Ort (man denke nur an einen anderen Klassiker: *Was soll das Gejiddl in Kammer am See? / Samma am Kai?*), aber tatsächlich ist die Ausbeute an österreichischer Geografie im Mittler'schen Œuvre gering.
Dabei hätte allein Niederösterreich über 3300 Orte! Warum also nur einen (wenn auch die Landeshauptstadt) schütteln – warum nicht 100? Und wenn man schon dabei ist, warum nicht gleich sämtliche Bundesländer der Schüttelprüfung unterziehen?
Gedacht, getan.

Ja, natürlich haben wir einen Huscher. Niemand, der ein halbwegs einwandfreies Hirnkastl sein Eigen nennt, setzt sich mit den österreichischen Gemeindelisten hin und fabriziert an die 800 Schüttelreime. Tut er es doch, so ist davon auszugehen, dass sich spätestens bei Reim 120 besagter Huscher manifestiert.
Schüttelreime sind wie Viren oder Ohrwürmer: Hat man sie einmal eingefangen, wird man sie so rasch nicht mehr los. Der von der Schüttelreimsuche Infizierte wandelt durch Tage, Straßen und Ereignisse seines Lebens und versucht ihnen geschüttelten Sinn zu entlocken. Nicht immer zielführend: Zwar schüttelt sich *Kaisersteinbruch*, sogar vielfach (*steiser kein Bruch / breiser Stein kuch / reiser Stein kruch / Kaiser Preins Tuch / Kaiser Bein struch*), aber es will trotzdem keinen rechten Sinn ergeben. Mist.
Andere Orte waren ergiebiger – das Ergebnis finden Sie auf den folgenden Seiten ...

Falls Sie übrigens Schüttel-Agnostiker sein sollten, folgt hier die obligate kurze Einführung. Es handelt sich beim Schüttelreim um eine Reimform, bei der nicht nur der Konsonant vor der letzten Silbe verändert wird (*Maus/Haus*), sondern die Konsonanten vor den

letzten zwei betonten Silben oder zwei Worten getauscht werden (*Wolf geht / Golf weht*). Ein Trick, der im Übrigen bereits den alten Griechen bekannt war: Der vermutlich älteste bekannte Schüttelreim lässt sich noch vor Homer nachweisen.
Neben den Zweizeilern gibt es noch vierfache (*Liebesreise / Leibesriese / reib es Liese / rieb es leise*), weiter nach innen versetze (*Wolf, der geht / Golf, der weht*) usw. Aber Sie müssen nicht Schüttelreimkunde studieren, um das folgende Buch zu lesen.
Der Schüttelreim ist meist eher witzig, manchmal derb, integriert auch Dialekte sowie Fremdsprachen und spielt ein bisschen mit den Konsonanten und Vokalen (siehe oben St. Pölten), weshalb er von erhabenen Dichtern eher gemieden wurde und wird. Umso häufiger entpuppen sich dafür Musiker als talentierte Schüttelreimer (wie auch etwa im Falle von Herrn Mittler). Das Ausloten kreativer Freiheiten in einem Konstrukt von formaler Strenge ist das Wesen des Schüttelreims und erklärt wohl auch seine Verwandtschaft mit der Musik.

Apropos...
Letztlich sind Schüttelreime nicht nur wie Viren oder Ohrwürmer. Sie sind auch »wie Verwandte: Man kann sie sich nicht aussuchen. Aber wenn die Schüttelreime nicht allzu platt ausfallen und witzig genug sind, sollten wir sie auch als Freunde betrachten und nicht die Nase rümpfen.«[1]

Ein schönes (und durchaus auch musikalisches) Beispiel ist jener bundesländerübergreifende Schütteldialog, der sich unter einigen Mitautoren dieses Buches (siehe *Zusätzliche Schüttelreime*) entsponnen hat:

A:
Am Abend dann in **Sievering**
ich laut vom Ol' Man River sing ...

---

1 Jürgen Rehm (www.schuettelreis.de)

B:
Wär's recht, wenn hier in **Sieding**
ich jene Melodie sing?

C:
Doch wenn ich bin in **Sierning**,
ich Ol' Man River nia sing!

A:
Du meinst, weil Töne zu schwach klingen?
Zeitweise sie bis **Krieglach** schwingen!

B:
Na, kummts ma net mid **Sierning**,
weil durt i nimma nia sing!!

Julius Stinde, Betreiber einer fiktiven »Dicht-Lehranstalt für Erwachsene« Ende des 19. Jahrhunderts, bemängelte einmal, dass es noch kein Schüttelreimlexikon gäbe, eine »immer brennender werdende Lücke im Bücherschatze«. Wir hoffen, diese Lücke zumindest betreffs der österreichischen Orte und Gemeinden nun geschlossen zu haben, und laden Sie ein, sich mit uns auf die geschüttelte Reise quer durchs Land zu begeben ...

Nicole Kolisch & Harald Havas

Vom Weintrinken in Antau: Burgenland geschüttelt

Entscheidung für den Lift-Marktführer
Für die Pension in **Althodis**
nemma dann statt Schindler halt Otis

Erinnerung, anno '56
Er stolperte über die Brücke von **Andau**
und schrie dann: »Au!«

Problemkreis: Blackout (Hamma oder hamma net?)
Wir sehr viel Wein in **Antau** tranken,
ich möchte dir, wenn ich mich trau, danken ...

Girlie-Getuschel
Der Boy, der
ist aus **Doiber**

Ausnahme-Sex
Whenever I get laid it's
in **Edlitz**

Pensionierter Stromkassier
Als ich noch beim E-Werk in **Eisenstadt** war,
da waren die Tarife für Watt starr

Eisenstadt, ungarisch
Spiele ich »Siedler« in **Kismarton**,
misch ich die Felder im Mischkarton

Burgenlandtourismus gerafft
Siehst du dort den Storch, den? Fein.
Weiter jetzt nach **Forchtenstein**

Spezialisiert auf Langohren
Beim Tierquäler in **Glashütten**
hat schon so mancher Has' g'litten

Autofahrer Obacht!
Damit sie nicht in **Grafenschachen**
in d' Hirten von den Schafen krachen!

Wenig Auswahl beim Kleiderkauf
Wenn's grün nicht gibt in **Grodnau**,
nehm ich's halt zur Not grau

Neues burgenländisches Nationalgetränk?
Als Special in **Großmürbisch**
ich Slivowitz ins Bier Misch

Verliebt in die schöne Burgenländerin
Weil ihr Kuss so süß, ging
ich wieder gern nach **Güssing**

Weil er auf normalem Papier nicht schreibt
Es fragt der Graf in **Güttenbach**
»Wo haben wir des Bütten gach?«

Enttäuschter Berliner Tourist
Zwee Wochen Regen in **Hochart**
– det is och hart!

Bundesheer gesucht
Hat die Miliz
ein Lager in **Illmitz**?

Der Gourmet hat Appetit
In **Kirchfidisch**
firch' di Quiche!

Weihnachtsidylle im Schloss
Ich finde den Advent in **Kittsee** toll:
Hier komm ich auf mein Jagatee-Soll!

Wenig Toleranz für alte Witze
Den Spaßmacher von **Kotezicken**
werd ich für diese Zote kicken!

Aufruf unter Diebskollegen
In **Kroisegg**
nimm ois, Greg!

Nach der missglückten Schönheits-OP
Beim Peter jüngst in **Lackenbach**
ich über seine Backen lach

Warnruf des Teich-Seglers
Bei **Landsee**:
Sand Lee!

Weil er seine Monatskarte zwicken wollte!
Heut ich in der Bim lach
über den Typ aus **Limbach**

Besser öfter Haare waschen!
Die Läuse hier in **Lindgraben**
sich beim Kurt am Grind laben
*
Aber auch in **Lockenhaus**
da hocken Laus!

Problemkreis: Sunny B.s Leben als Maskottchen
In **Lutzmannsburg** der Hase grollt,
wenn man ihn weg vom Grase holt!
Wenn Kinder an seinen Hasenohren ziehn,
erfüllt ein gerechter Hasenzorn ihn!

Künstlerischer Fahrradbau
In Mannersdorf an der **Rabnitz**
ich mein Monogramm in jede Nab ritz

Lieber vor nüchternem Publikum! (Rat an einen Starmaniac)
Wirf nicht Perlen vor die Säu', Niddl!
Sing nicht beim Winzerfest in **Neusiedl**!

Spezialisierter Autodieb mit falscher Mitvergangenheit
Wie gern er stohl Ketten
in **Oberkohlstätten**

Verlorenes Kuscheltier
Dass ich so um meinen Leopard wein,
macht allen hier in **Oberwart** Pein

Biologische Absonderheiten im Burgenland
Stimmt des, dass in **Pinkafeld**,
da Fink a bellt?

Vielerlei Federvieh
Es gibt Finken, Kräh', Raben
Drüben dort in **Rehgraben**

Agressionsabbau an zermerschertem Gemüse
Zum Abreagiern in **Rotenturm**
hau ich auf die toten Ruam[2]!

Lieber trocken
Die Weinkost bringt im feinen **Rust**
dem Brünnerstraßler einen Frust

Dort is leiwand!
Als Standort entdeckt der Leiner **Rust** –
nicht aus Kalkül, aus reiner Lust!

Auf der Suche nach der verlorenen Kontaktlinse
Ganz **Sankt Martin an der Raab**
rann der ab!

In Wien noch impotent ...
Aber in **Schandorf**
wor i dann schorf!

Stolz aufs lange Haar
Ich stets nur verhöhn Scheren
in meinen Heim in **Schönherrn**

Unbequemes Ruhebett in Rust
Während ich dort lieg, säß
lieber ich in **Sigleß**

Indischer Winterunfall am See
Nach zwei Stunden Eiswasser in **St. Andrä am Zicksee**
fast unverletzt! Mei, ist dieser Sikh zäh!

---

[2] Rüben

Recherche im Freundeskreis
War denn schon als Bub er zach?
– Frag seine Freund' aus **Zuberbach**!

Hungriger Bayer beim Ortsfest
In mein Mund ois nei schling
heite in **Stadtschlaining**

Jogging für Fortgeschrittene
Beim Aufwärts-Lauf in **Steinberg**
ich meine Wadenbein' stärk

Abscheu
Schon wieder machte aus Spinat sie Strudel,
da trink no lieber in **Stinatz** i Sprudel

Minister rechtfertigt eine Kurzreise
Ich war in Staats-
angelegenheit in **Stinatz**

Tragischer Fechtunfall
Er verlor sein Aug da
in **Tauka**

Ungezieferalarm
Leider waren in **Tschanigraben**
unter dem Granit Schaben!

Schlägertyp im Glück
Jo, in **Unterfrauenhaid**,
do mocht mir des Hauen Freid!

Publikum bleibt bass erstaunt zurück
Ja, so war der Wunder Art
des Magiers in **Unterwart**

Bundesländerübergreifender Imker
Er hat nicht nur in **Weingraben**,
sondern auch in **Grein** Waben

Forestglade & Folgen
Ich muss jetzt dauernd niesen, weul ich
ka Jacke trug in **Wiesen** neulich!

Vorarlberg – Burgenland
Er floh aus **Fließ** weg
heut bis nach **Wiesfleck**

Nicht EU-konformes Foto
»Ungültig« sagen s' in **Wimpassing**,
weil ich im Pass wink

Von Ortsschildern in Gnesau: Kärnten geschüttelt

Party-Tiger
Bei jeder Gaudi in **Abtei**
bin ich freilich auch dabei!

Sollte das nicht Toreck heißen?
Der junge Stürmer, der aus **Albeck**,
schoss punktgenau ins rechte Balleck

Verdiente Pause
Nach meinem langen Latscha aß
ich einen Snack in **Atschalas**

Interessanter Bericht über den Dokumentarfilmer
In **Augsdorf** vulgo **Loga vas**
ich was über Glawogger las

Und noch ein neuer Handy-Mast
Auf dem Hügel **Bei der Drau**
entsteht grad für »3« der Bau

Erotisches Fotoshooting
Im Morgengraun in **Berg im Drautal**
wirkt Marlies fotogen im Tau drall!

Schlecht geschnäutzt
Bei dem Buam in **Blasnitzen**
sah Rotz ich in der Nas' blitzen

Ortstafel übersehen
Mit über 80 – huch! – bolz
ich durchs Ortsgebiet in **Buchholz**

SOKO Kärnten ermittelt
Die Blutspuren im **Gailtal**
waren zum Teil Gall'

Fabelhaftes Mischwesen
Das Untier von **Dreulach**
War so ein Leu-Drach'!

Um den Archäologenmangel zu beheben
Die Akademiker aus **Ebenthal**
fuhren dann nach Theben all

Kein Spitzengericht
Vom Dorfgasthause deren Aal
empfehl ich nicht in **Ehrenthal**

Dazugelernt
Sie taten's nicht in **Eisentratten**,
wie sie's einst in **Treisen** taten

Weil als Aschenbecher verkleidet
Letztens in **Fasching**
ich jede Asch' fing

Der Elfenkönig hält Gericht
Was tat er mit der Jungfer in **Federaun**?
Red er Faun!

Zweite Karriere
Er bekam dann in **Ferlach**
ein Lehrfach

Nobel geht die Welt zugrund'
Im Hotel in **Finkenstein**
selbst die Häuseln stinken fein

Nur ebenerdig
Ihr Neubau in **Flattach**
ist in der Tat flach

Straßenbau in Kärnten
In **Frantschach-Sankt Gertraud**
mir vor dem G'ruch von Teer graut

Standesbeamter, bitte zur Autobahn
Ich möcht die Maid aus **Frauenstein**
noch während wir hier stauen frein!

Guter Tipp bei Nieshemmung
Schau in die Sonn' in **Frießnitz**
Und dann nies, Fritz!

Auf der Tribüne
Vor dem Spiel da lab gern
ich mich noch in **Gablern**

Kein Bus mehr
Mir sein den gonzn Weg von **Glanhofen**
han glofen!

Wiener Touristen im Anmarsch
I seh g'nau
scho des Ortsschüd von **Gnesau**

Interessierter Geologe wandert
Den ganzen Tag in **Gösseling**
er entlang der Lösse ging

Ans Krankenbett
Ich bring nach **Gotschuchen**
noch dem Joe Kuchen

Kurzbefehl
Trag es
nach **Grades**

Brutaler Jugendbetreuer wird gefeuert
Nein, mein Herr, Sie strafen kein
Kind mehr hier in **Grafenstein**!

Zur Lärmbelästigungsanzeige gegen Pensionisten gezwungen
Wie heißt der Schrat gach?
Der macht in **Gratschach**
immer – wie schad – Krach!

Zu wenig Talent zur Gitarren-Karriere
Ich bleibe hier in **Griffen**,
weil ich nur ein Riff kenn

Vom Arschkriechen?
Der Kollege in **Großbuch**
hat so an Boß-G'ruch ...

Junker unterwegs
Er grüßt von seinem Ross keck
die schöne Maid in **Großegg**

Unausgereifter Kartoffel-Schälautomat
Die Schalen in **Großponfeld**
der mit zu vielen Phon pellt!

Gegen Einkaufstourismus
I bleib lei in **Grünburg**,
bevur in no'h Brünn gurk

Befehl des vornehmen Professors an den Assistenten
Skupellos in **Gundersheim**:
»Die Probe hier, im Hund er's keim'!«

Oldies ausgeschlossen
Fürs Clubbing hier in **Gurnitz**
gilt wirklich »Strictly nur Kids!«

Unwillkürliche Assoziation
Beim Ortsnamen von **Gurtschitschach**
denk ich an den Tschurtschi gach

... folgt er ihren Spuren
Ich nahm den Weg nach **Guttaring**,
weil ja auch die Ruth da ging

Der Notruf ereilt den Arzt während der Silvesterparty ...
Lass das Blei liegen, Hut
auf und ab nach **Heiligenblut**

Guter Rat an den Bäckerlehrling
Wenn Brot du bäckst in **Hermagor**,
pass auf, dass net im Germ a Hoa!

Trotz modernster Zirkumzisionstechnik
Ich niemals meinen Pimmel herg-
eb, nicht mal in **Himmelberg**!

Irrender US-Ski-Fan
The »Streif« it's
not in **Hochfeistritz**?

Gut gemacht, aber alt
Der Zaubertrick in **Jaunstein**?
Ob ich darüber staun? Jein

Lokalgröße
I bin in **Kading**
da King

Mr Kärnten ist ihr angeblich verfallen
Die Lisi immer prahlt: »Den kunn
i hobn, lei in **Kaltenbrunn**!«

Ex-Raufer lebt jetzt zurückgezogen
I bersch kaum
in **Kerschbaum**

Zahn der Zeit
Der Pfarrer von **Kerschdorf im Gailtal**
ist schon zum Teil kahl

Landeshauptsatdt 1
Man näht bereits in **Klagenfurt**
an den neuen Flaggen, Kurt!

Landeshauptsatdt 2
Mit dem Flieger flogen Kurt
und seine Frau nach **Klogenfurt**

Elektronisch ausgelacht
Auf die Mail heut aus **Kollegg**
schrieb er mir nur »LOL!« keck

Sich abzeichnendes Ende einer Boxerkarriere
Nach dem Fight in **Kornat**
hatt' er an dem Ohr 'n Cut

*

Und nach dem in **Kötschach-Mauthen**
war er minutenlang knocked out, Mann!

Sicherheitszuwachs für Gehbehinderte
Der Tüftler in **Kremsbrücke**
erfand die erste Brems-Krücke!

Weil sie mir doch drauf gekommen ist
Mit meiner Frau in **Kreuschlach**
hab ich trotz aller Schläu' Krach

Sinnvolles Reiseziel
Dort ist's sehr schön, drum, Ben, kurf
mit deiner Frau nach **Krumpendorf**.

Entfesselter Dackel
Ich jedes Bein in **Labegg**
ableck!

Jedes Jahr vorm Villacher Fasching ...
... ich mich noch in **Lainach**
einlach

Esoterischer Energieverlust
Ich glaube, in **Langegg**
wurd' gestern mein Ankh leck!

Jedem das Seine
Gegen **Ledenitzen**
ist der Garten Eden **Liezen** ...

Tank-Sorgen des Hobbyfliegers
Grade über **Lieseregg**
frag bang ich mich jetzt: »Is er leck?«

Niederösterreichisches Exportungeziefer
Mitten in **Möllbrücke**
stach mich die Pröll-Mücke

Angewandte Kunsttherapie
Wos malt
der Irre do in **Mooswald**?

Sangesbegeistertes Wasservolk
Manchmal schallt von **Niedertrixen**
das Hollododri der Nixen
(Und auch noch bis **Nörenach**
hallt's mir in den Öhren nach)

Junges Talent in Gefahr der Vergeudung
Du hast einen Klescher, Ben,
bleibst du hier in **Plescherken**!

Begeisterter Koch
Im Gasthaus hier in **Possau**
ich die geilste Soß bau!

Ohne Erfrischung radle ich keinen einzigen Kilometer mehr!
Ob Wasser, ob Saft, ob Bräu,
wir bleibn in **Proboj**!

Weil der Gemeindebrief zu kurz geriet
Hau für die Leut' in **Rabenstein**
doch noch ein paar Buchstaben rein!

Unsicherheit über den Standort des Weinguts
Host du in **Reideben**
dei Reben?

Kleinwüchsiger vorm Eissalon
Im Sommer in **Reißeck**
ich mich nach dem Eis reck

Nicht »Parsifal«
The concert in **Ritzing**
It's »Ring«!

Ehemalige Landratten benehmen sich daneben
Die Matrosen aus **Rotschitzen**
ihre Namen ins Schott ritzen

Anweisung an die Gläubigen historisch
Kniet nieder, dankt, so naht
der Bischof morgen in **Sankt Donat**

Nach dem Hangrutsch
Die hom in **Schaumboden**
an rechtn Baumschoden!

Exportschlager
Der Tischler von **Sonnberg,**
der liefert nach Bonn Särg'

Als alle Gläser zerbrochen waren
Der Säufer aus **St. Georgen am Sandhof**
dann halt aus der Hand soff

Anhalterin post coitum
Wenn ich mich schnell anzieh, kann
ich mit nach **St. Kanzian?**

Nach einer langen Pirsch
In **St. Marein**
war dann der Aar mein

Modern Times
Aus'm Urlaub in **St. Michael**
schick ich a Mail

Redlich nährt sich ...
Der Kleintierjäger, der fangt seit
Jahren Mäuse in **St. Veit**

Zu viel Promille
Dort bei **St. Veit an der Glan**
halt ich mich am Glander an

Notruf 133
Die Hooligans in **Taggenbrunn**
fast jeden niederpracken tun!

Keine Auswahl für den deutschen Trucker
Im geheimen Puff in **Thurnhof**
find ich alle Hur'n doof

Keine Gefahr für die Welt
Der Möchtegern-Hacker von **Tiffen**
kennt nur den Befehl »If then«

Keine Gnade der Gendarmen
Weu i do im Wagen trinkl,
nahn s' mich ein in **Tragenwinkl**

Am Theater
Ein Engagement nach **Velden** hat er,
ein Fachvertrag als Heldenvater!

Aus für den Hühnerdieb
Den schlauen Fuchs in **Viktring**
ich mit einem alten Trick fing

Eine kleine Dachdeckergeschichte
Ich stets die Blicke aufs Dach lenke,
immer wenn ich an **Villach** denke.
Ich nenn nämlich Schindeln aus **Villach** mein,
und werd sie dir, wenn ich dein Dach mach, leihn

Unglaubwürdige schriftliche Erklärung
Mit seinem Eid wisch
ich mir den Hintern dann in **Waidisch**

Heinzelmännchen scheitern am Fliegenpapier
Morgen-Schreck in **Zwickenberg**:
In der Küche picken Zwerg'!

Vom Teppichweben in Ebenwald: Niederösterreich geschüttelt

Diesmal ist es ein Tagesausflug!
Als sie aus ihren Betten stiegen:
»Lass ab uns nach **Amstetten** biegen!«

Krankenstand nach Heurigenbesuch
Sie trank so gern in **Baden** Wein.
Dort brach sie sich das Wadenbein.
Im Liegegips den Wadenknochen,
genießt sie nun zwei Gnadenwochen

Und selten sind sie auch
Die Wale in **Baumgarten**
haben kaum Barten

Das Wichtigste ausgelassen!
In 80 Tagen um die Welt wollt' der gute Phileas Fog – please –
der fand nicht einmal ins Weinviertel nach **Bockfließ**!

Touristische Auskunft 1
Gibt's in **Brandstatt**
a Strandbad?

Guter Rat
Friss net zuvü in **Breitenwaida**,
sonst wirst du um Weiten breida!

Gespräch zweier Modeschöpfer
»Jetzt schau dir mal bitte den herbstlichen Look an, der breiter
als sonstwo die Schultern betont in **Bruck an der Leitha**!«

(Schürzen)Jägerlatein
Neilich hob in **Drasenhofen**
i an feschen Hasen troffen

Besser wär Wolle!
Es wird die Maid in **Ebenwald**
beim Seidenteppichweben alt

Wie von Rubens gemalt
Sie ist die Leda
von **Edla**

Happy End der Schnulzette
»So sei es, Claire! Es sei Ben dein
– ich geh zurück nach **Eibenstein** ...«

Kassasturz der Sternsinger
Die in **Eichgraben**
reich gaben!

Polizeiliche Gegenüberstellung
Absolut! Der Bengel rechts
war der Dieb in **Engelbrechts**!

Britisches Reiseziel
Let us
drive to **Etlas**!

Vermisster Michael
»Ach, wenn ich nur den Mischa fänd!«
»Versuch's doch mal in **Fischamend**!«

Wiedererkannt
Ganz bestimmt kenn ich die Frau
aus meiner Schulzeit in **Fridau**!

Made in Austria
Man produziert in **Gainfarn**
nur allerbestes Feingarn

Küchengeheimnisse
Es schätzt die Köchin nicht in **Gaisruck**,
wenn ich beim Kochen in den Reis guck

Vergessliche Amis
This is my last guess:
We parked our car in **Gastles**

Am Ende der Stange
Ich mich nach reichen Gaben reck
am Maibaum ob'n in **Grabenegg**

Nikolo informiert sich
»Sag, wo wohnen die Braven gach?«
»Na, einige in **Grafenbach**.«

Trauriger Potenzverlust
Im Altersheim in **Greifenstein**
ich oft um meinen Steifen grein

Keine Lust auf Frust
Am besten, Lieber, lässt den Grant
daheim bei dir in **Gresten-Land**!

Gault-Millau-Eintrag
In **Grossau**
War die Soß' grau ...

Recycling
All seine verschmutzten Weinflaschen
lässt er in **Höflein** waschen

Spezielle touristische Bedürfnisse
Gibt es in Großmotten
Moosgrotten?

Empörte Rittersleut'
Die Knappen hier in **Großtaxen**
frech hinter jeden Tross gacksen!

Zwist in der Laienspielgruppe
Bei der Faust-Premier' in **Grünbach**
gab es hinter der Bühn' Krach

Der Tierquäler
Manch Biber ich in **Hagenau**
noch mittendrin im Nagen hau

Materialknappheit
Wemma genügend Stein' hätten,
baut' ma a Haus in **Hainstetten**

Neidisch auf Hanfthal
Auch mancher Bursch in **Haselgraben**
tät gern so ein Grasel haben ...

Aufforderung zur Vorsorgeuntersuchung
In **Haslarn**
lass Harn

Klettererschicksal
An einer Felswand in **Häusling**
der Lois hing

Spaziergängers Leid
Ach, wenn die doch in **Heinigstetten**
die Wege net so steinig hätten!

Casanova & Folgen
Die Maid dort im **Hirschwanger** Forst
ist seit viertel vier schwanger, Horst!

Ich weiß nicht, ob ich's tun soll ...
Er sagt, er will mit mir zur **Hohen Wand** reisen
und mich auf einen Platz an deren Rand weisen ...

Tollwutalarm im Dorfe
Wega de Hund, de tollen, Hohn
ergießt sich über **Hollenthon**

Lieferschwierigkeiten
Der Mähdrescher für **Holzing**
ewig noch am Zoll hing

Frecher Berliner Gast
Er steckte seine Nase jeck
in jedes Haus in **Jasenegg**

Rache für die gerissene Kuh
Den Bären, der sie verschlung, jag
ich überall in **Jungschlag**!

Enttäuschter Berliner Konsument
Wenn ick noch mal nen Hammer kof
denn sischer nischt in **Kammerhof**.
Und wenn ick mir nen Hobel kof,
dann nimmer nischt in **Koblhof**!
Um jutet Zeug in **Lackenhof**
ick platt mir meine Hacken lof

Nur Kuhmilchprodukte
In **Kamles**
gibt's kan Lamm-Käs

Nervenberuhigung nach dem Raubzug
Nach der Tat kau
ich Kaugummi in **Kattau**

Verschwörungstheorie
Erst sammeln sie die Daten, Mann
und speichern s' in **Kematen** dann!

Losungskunde
Es fragt ein Bub in **Kemmelbach**:
»Von wem stammt dieses Bemmel gach?«

Auf Aufriss
Sie beäugte in **Kieneck**
ihn keck

Sommertheater nächst Klosterneuburg
In **Kierling**
spieln s' den Lear-King

Verregneter Urlaub
»Scho wieder so schirch!«, klag
ich sommertags in **Kirchschlag**

Wunsch an den Wahlkämpfer
Recht kämpferisch die Rede kling',
wenn du red'st in **Kledering**.

Bessere Filteranlage
Endlich kein Klärungs-
geruch in **Kleingerungs**

Seltsamer Reflextest
Man fragt sich, warum Ärzte in **Kleinpoppen**
stets statt aufs Knie aufs Bein kloppen?

Wegbeschreibung 1
Der Weg nach **Kleinreinprechts**?
Gleich nach der Prein rechts!

Sie sind überall!
»Heut traf ich Waldschrate in **Krems**.«
– »Ha! Ich sah die grade in **Schrems**.«

Bekannter Musikus
Den Barden da an der Leier
kenn ich aus **Laa an der Thaya**

Wegbeschreibung 2
Ladings?
– Da links!

Läusealarm im Kindergarten
Die Zwerge dort in **Landhausen**
sich mit jeder Hand lausen

Zu viel Ausdunst
In meinem Haus in **Leodagger**
ich mein ganzes Deo lager

Einschlafhilfe der Tante
Am Abend oft in **Lichtenegg**
ich mich zu meinen Nichten leg

Ungesunde Zurückhaltung
Ich verbeiß in **Ludweis**
mir meine Wut leis

Für »Wetten, dass ...?«
Ich mir in **Mailberg**
jedes Beil merk!

Nicht kreditwürdig
Meine Geschäft' in **Marbach**
ich sicherlich nur bar mach

Schach und matt!
Schau, was ich in **Mauerbach**
mit deinem letzten Bauer mach!

Fertigteiltraum für die Angebetete
Ich kauf ein Haus von Elk mir
und zeige es bei **Melk** IHR

Der Papst auf Reisen
Ich glaub, ich fahr nach **Mistelbach**,
bevor ich ’ne Epistel mach …

Mütterlicher Rat
Du findest nie an Ritter, Madl,
bleibst du hier in **Mitterradl**.
Willst du einen Ritter, Maid,
dann ziehe fort nach **Mitterreith**!

Horrorvorstellung des niederösterreichischen Kameradschaftsbundes:
In **Mönktal**
steht ka Denkmal?!

Nach der Privatisierung (vierfach)
Meine eigne Post mach
ich mir jetzt auf in **Mostbach**!
Und laut ich auf den Mast poch:
Ich’s (auch wenn’s dir nicht passt) moch!

Aufgepeppter Oldtimer
Des is da »Greased Lightning«
von **Neidling**

Ungestüme Junggesellin
Sie pfiff jedem Boy nach
beim Kirtag jüngst in **Neubach**

Schon zu kalt zum Campen
Es wuchs auf ihren Liedern Eis
über Nacht in **Niederleis**

Vergebener Wunsch des Alpinisten
Ich möcht in großer Höh’ nagen
mein Jausenbrot in **Nöhagen**

Ofensetzer-Schicksal
Als jung er noch in **Oberhofen**
war stark und täglich hob er Ofen.
Im Alter dann in **Oberhöflein**
nur manchmal noch hob er Öflein.

Feldarbeit
De Bauern heut in **Oeynhausen**
saufen drin und heuen außen

Falsch informiert
Spinnt er? **Orth**
hat doch keinen Intersport!

Fliegengespräche
»Auf dem Weg nach **Ottenthal**
fand ich einen toten Aal!«
»Schad! Ich war in **Otterthal**
und dort war kein toter Aal ...«

Essen fertig!
Mein Mikroherd in **Paisling**
macht gerade leis »Ping«

Süß
Die Kätzchen dort in **Patzenthal**
spieln mit ihren Tatzen Ball

Traumhaft geschlafen
Es gibt nicht mal in **Steyer** Betten,
so weiche wie in **Payerstetten**!

Füchsische Erinnerung
Ich hatte einst in **Pettenau**
einen wirklich netten Bau

Herr Graf in der Provinz
Bei der Kur in **Pirawarth**
waren sogar wir apart!

Gefiederte Kartenpartie
Beim Pokerspiel in **Pfalzau**
rief die Gans streng: »Zahl, Pfau!«

Young, Strong and Healthy
Es feiern heut in **Pömmerstall**
die starken Männer »Stemmer-Ball«

Überschwängliche Oma
Die Enkel ich in **Prottes**
jedes Mal fast tot press!

Keine Chance für Nazis
Nicht einmal in **Pyhrafeld**
heute mehr ein Führer bellt

Vertreterrayonsverteilung
Ich hab alle Adressen
in **Radessen**

Pendlerschicksal
Den ganzen Weg von **Rauhenstein**
wir jeden Montag stauen rein

Grenzüberschreitende Leidenschaften
Die Rosi fürcht' in **Ravelsbach**
des eifersücht'gen Pavels Rach'

Neues Eso-Seminar
Beim »Tree-Feeling« in **Reichenau**
fand ich alle Eichen rau

Und das mitten im Wald!
Zwei Radfahrer in **Reinbolden**
mir über mein Bein rollten!

Karaoke-Meisterschaft
Die Zehennägel einrollt's
beim Wettsingen in **Reinolz**!

Schlechtes Timing
Ich immer mit der Zeit ring
auf meinem Weg nach **Reitzing**

Humordichter im Exil
Obwohl ich hier mit Hetz reim,
sehn ich mich doch nach **Retz** heim

Kindheitserinnerung
Es wusste der Opa in **Retz Stadt**
in allen Dingen stets Rat

Vor dem chinesischen Staatsbesuch
Ich bitt den Koch in **Riebeis**:
Vergiss die Stelzen – üb Reis!

Showdown im Schloss
Versteckst dich in der **Schallaburg**? –
Los, hier im Freien baller, Schurk!

Leberkässemmeln
»Was? Hier war ein Gestüt?!?« – Satt
durchstreife ich die **Südstadt**

Hinterholz 9
I hob an Bauschoden
in **Schauboden**

Misogynier Amokläufer
Heut Nachmittag in **Scheiblwies**
ich auf jedes Weibl schieß!

Rat vor dem Gewitter
Such in **Schudutz**
du Schutz!

Müde Füße
Beim Tanzturnier in **Schwallenbach**
wurden ihre Ballen schwach

Waldviertler Wunderheiler
Bei Allensteig in **Schwarzenau**,
da fallen ab die Warzen, schau!

Privileg beim Schultheater
Ich hab an Freisitz
in **Seifritz**

Fleißiger Schmied
Jeden Tag in **Seisenegg**
ich stahlhartes Eisen säg

Gerücht?
Man sagt, die Leut' in **Siebenlinden**
beichten nie und lieben Sünden

Nicht tauge dort
Ich will – wenn sie auch guten Wein herstellen –
nicht allzu lang als Wohnort **Stein** erwählen!

Insektenattacke
Die Wespe mich in **Steinbach**
ins kurz entblößte Bein stach

Ladendiebstahl im großen Stil
Ich so manches einsteck
beim Interspar in **Steinegg**

Getarnter Querulant
Der sich hier so fein stellt,
ist ortsbekannt in **Steinfeld**!

Verirrt
Mitten in **Steinwand**
ich im Wein stand

Wohlverdiente Pause
Gern ich mich in **Stierberg**
mit einem Krügerl Bier stärk

Gendarmen unterwegs
Falschparker in **Streithofen**?
Na die wer ma heit strofen!

Folgen der Unachtsamkeit
Beim Lagerfeuer in **Traismauer**
ich um verkohlten Mais trauer

»Vom richtigen Zeitpunkt« des Heiratsschwindelns
Er hofft, dass der Mond hübsch in **Tulln** leucht',
weil ihm das günstig fürs Einlull'n deucht

Der Zweck heiligt die Mittel
Der Dorfpfarrer von **Waldenstein**
für seine Messe stahl den Wein!

Ängstlicher Bankräuber
Nicht einmal in **Walterschlag**
ich mich vor einen Schalter wag

Beate-Uhse-Neueröffnung in der Provinz
Auf d' neue Auslag' hier in **Wartmannstetten**
dann mit verstohl'nem Blicke starrt man(n). Wetten?

Wegbeschreibung 3
Er den Herrn wies
nach **Wernhies**

Später zogen sie ostwärts, verbrachten eine Nacht, und ...
... dann ließ er sich im **Wiener Becken**
von dera blonden Bien' erwecken ...

Beleidigter Rückzug
Ich fliehe jetzt nach **Wiesenfeld**,
nehm Abschied von der fiesen Welt!

Relativ
Ich find's riesenweit
nach **Wiesenreith**

Berlin meets Bucklige Welt
Det Kneippen da in **Wiesmath**,
det sin sowas von mies, wat?

Geheimnisvolle Website
Alle, die auf diesem Link war'n,
fuhren dann nach **Winklarn**!

Keiner sauber
Hob i bei die Tisch a Wahl
beim Gastwirt drunt in **Wischathal**?

Weil's einen Frühschoppen gibt ...
Heit fruah in **Wurmbach**
san scho olle Buam wach!

Endlich!
Weil's an guten Arzt in **Ybbs** gab,
kommt jetzt auch mein alter Gips ab

Vornehme Beleidigung
Verpiss er
sich nach **Ysper**!

Gemieteter Fischteich
Drüben dort in **Zweierwald**
er viel für seinen Weiher zahlt

Wenn die Liebe nicht an der Distanz,
sondern an der Schwimu scheitert ...
Ich kenn die alte Vettl zwar,
weil ich fast täglich nach **Zwettl** fahr,

*

jedoch trifft mich ihr Zorn hart,
denn ich lieb ihre Tochter in **Horn** zart.

Vom Gruppensex in Krenwald: Oberösterreich geschüttelt

Optimistischer Schmetterlingsjäger unterwegs
Was ich nicht in **Laa** fang,
erwisch ich dann in **Aflang**

Damit die Eltern in Ruhe essen können!
Im Dorfgasthaus in **Almegg**
ham sie jetzt ein Maleck!

Ortsunkundig
Ob da in **Altaist**
A Tal a ist?

Ausländische Wal-Spezialität mundet nicht
Neulich in **Altwartenburg**
ich an zähen Barten wurg

Weil mich der Diener nicht geweckt hat
Ich kam zu spät nach **Amesschlag**,
was nur an meinem Schammes lag!

Eintönige Vokalübung
Zum Einstimmen in **Angsüß**
der Kirchenchor nur sang »Ü«s

Legionär erfüllt nicht die Erwartungen
Beim Sonntagsmatch in **Aspach**
verpasst er manchen Pass, ach!
*
Auch die Zuseher sind vom Pech verfolgt
Dann wollten wir nach **Atschenbach**,
doch hatten wir an Patschen, ach!

Fräulein Helen zuliebe
Das Baden hat längst satt er eh,
doch steigt er in den **Attersee**

Unerwartet
Sie erwischt ihn – huch! – beim
Seitensprung in **Attnang-Puchheim**

Lokalpatriot
Im mog ois gern
in **Bad Goisern!**

Als Mähren noch bei Öst'reich war ...
Die Köchin aus Tschimischl acht
Datschkerln für'n Kaiser in **Ischl** macht

Fußballer auf Erholungsurlaub
Im Sommer in **Bad Schallerbach**
spielte gern statt Ball er Schach

Millionär wirft ein Auge
Die schöne Maid aus **Brandstatt**
er an seinen privaten Strand bat
(Ein Stubenmädchen aus **Brandstätten**
richtet schon an diesem Strand Betten)

Vorlieben
Bevor ich mir Kaffee an der Donau brau,
mach ich's am Inn gleich bei **Braunau**

Chapeau!
Der Kunstreiter von **Breitenried**
sich sein Steak beim Reiten briet

Weit entfernt vom »Dernier Cri«
Beim Ausverkauf in **Buchschachen**
fand ich alle Schuch bachen!

Crossover OÖ – Kärnten
Nein, ich will nicht nach **Burgkirchen**,
da trink ich lieber noch in **Gurk** Bierchen

Lokaler Brauch, dreifach geschüttelt
Drüben in **Dreißgen**
kennst du den Kreis, den,
wo sie die Geiß drehn?

Innovationsnachzügler
Det is nüscht neu in **Dulmeding**
isch kenn scho aus Ulm de Ding

Schulrowdy verhindert in der Pause Tempelhupfn
Im Schulhof oft in **Eberstalzell**
ich mich breit auf eine Zahl stell

Aus Mozarts Memoiren
Den dritten Satz gerade ich anfing (Dur),
als ich mit der Kutsche durch **Eferding** fuhr

Vergebliche Bemühungen
Trotz Nulldiät in **Eggerding**
ich um jeden Deka ring

Brautjungfer schwärmt
Der Saum des Brautkleids in **Engelhartszell**
ein Gelb, pastell, so ein zart's, hell ...

Dem Ort verfallen
I'm dying
for **Eiding**!

Vampir-Gourmet
Man kann sich auch beim Beißen irrn:
Nicht jede schmeckt in **Eisenbirn**!

Aus dem Leben des Vermessungstechnikers
Während er in **Enns** viel misst,
sein schwang'res Weib immens viel isst

Oh wie schön
Nette Au
in **Ettenau**!

Cross-Country-Biking
In **Feichta**
ich um den Teich fah'

Neue Besetzung Petzis im Kasperltheater
Der Schauspieler von **Fernbach**
wechselte ins Bär'n-Fach

Spezialist für geflohene Baumaschinen landet Volltreffer
Vor Kurzem erst in **Franking**
ich einen großen Kran fing!

Wellness
Ist dein Nacken steif, rat
ich dir den Masseur in **Freistadt**

Zuletzt zu viele Beinbrüche
Bei Glatteis dort in **Freudenstein**
den Streusand, bitte, streu den fein!

Volksanwalt gibt nicht auf
Trotz Widerstand in **Freudenthal**
betreut er wirklich treu den Fall

Nächtliche Sirenen oder doch UFOs?
Von drüben aus **Gallham**
der seltsame Hall kam
(oder war's **Kallham**
von wo der Hall kam?)

Peinlichkeit wegen Vollbart
In **Geiersberg im Innkreis**
hatt' ich noch am Kinn Reis

Ja, das indische Take-away ...
Stundenlang in **Geiselham**
er nicht mehr aus dem Heisl kam

Heereszersetzung statt Zivildienst
Die Präsenzdiener in **Gerhagen**
insgeheim aufs Heer gacken

Ein Wunder!
In **Gilgenberg am Weilhart**
ihm heil ward!

Zu viele Rindsviecher
Die Wiesen hier in **Gmunden**
konn i ned – vor lauter Dung – mähn!

Besitzer hängt trotz ruinöser Zustände an seinem alten Haus
Vorm Neubau jetz' in **Gramastetten**
i fast an jeden Staa mag retten!

Der Donau und der Liebe Wellen
Von ihrem steten »Nein« ergrimmt,
die Schwester nun – in **Grein** – er nimmt

GW-Lehrer (frustriert) bei einer Prüfung:
»Das kann doch so nicht stimmen: **Grein**
liegt keineswegs bei Grimmenstein!«

Mörderschaas
Togelang hom ma in **Grubedt**
no iber diesen Mordstrum Bu gredt!

Auch optisch spitze
Der Biobauer hier in **Hallstatt**
einen wunderschönen Stall hat

»Ja, ich will«
Ich leiste meinen Eid hier
bei der Vermählung in **Haid** ihr.
Nachdem ich diesen Eid hauch,
küsse ich sie in **Haid** auch!

Vielleicht tut's ein Lookalike auch?
Zum Sommerfest in **Hammersedt**
ich gern die Donna Summer hätt'

Schwieriger Textileinkauf
»Fahr ma nach **Hofstätten**
schaun, ob's dort den Stoff hätten.«
*
»Nein, wir fahrn nach **Hofstadt**,
weil sicher dort noch wer den Stoff hat!«

Mühlviertlerische Schüttel-Ode: »Hühnergeschrei-Nights«
Neili af'd Nocht ren i in a Weiberleit in **Heagschroa**;
und de mocht, wei i zu ia net ghea, Schroa.
Des Weib, des spinnt, so kimmt's ma via –
sie fint des unvaschämt va mia.
Gschreckt hau i mi a,
nur schrei i net; des deng i ma.

(Damit all jene, die des Mühlviertlerischen nicht mächtig sind, das auch verstehen, hier die Untertitel:
Neulich nachts stoße ich mit einer Frau zusammen in Hühnergeschrei;
und die stößt, weil ich zu ihr nicht gehöre, Schreie aus.
Die Frau, die spinnt, so kommt mir vor –
sie findet das unverschämt von mir.
Erschrocken bin ich auch,
nur schrei ich nicht; das denk ich mir.)

Der Oberförster kennt sich aus
Ich in **Kasten**
jeden Ast kenn

Schlecht vorbereitet
Beim Hearing heut in **Kemating**
es um ein andres Thema ging!

Schlammcatch-Disco-Queen
Beim Bewerb in **Kleinreifling**
ich gerne live ring!

Wiener Kenner unter sich
Ois gongan is, de Scheene aus **Kranabeth**
homma long no iba dera ire Bana g'redt

Schwer genervte Eltern
Die ganze Fahrt nach **Krenglbach**
machte dieser Bengel Krach!

Spannung vor der Gruppensexparty
Die Frage, die ist, wen krallt
sich wer heut Nacht in **Krenwald?**

Misslungener Park
Tut mir Leid, dass i in **Lambach**
über die paar schiachen Bam lach

Nicht auf den Mund
Den forschen Galan aus **Langwies**
sie nur bis an ihre Wang ließ

Regionale Verwechslung
Er war nicht aus **Laa**,
sondern aus **Laussa**

Starmania-Verächter ereifert sich
Vorm Fernseher in **Lederau**:
»Also, ich find diesen Eder lau!«

Unzufriedener Gast
In der Pension in **Lengau**
fand ich's öde, eng, lau

Das Modem ahnt die Ankunft wichtiger Nachrichten
Ich logg mich aus in **Leonstein**
doch flüstert's leise: »Stay online!«

Gefallene Tirolerin
Die schöne Maid aus **Ginzling**,
am Strich sie hier in **Linz** ging

Ausbau im Ferienhaus
Ich überleg, ob ich in **Marbach**
mir demnächst eine Bar mach

Beeindruckende Leistung
Hast g'hört, das war die »L'Aria« – mah!
So schön singen s' in **Maria Laah**

Stripperin annonciert
Nicht nur in **Marsbach**,
ich's in allen Bars mach

Durch taktische Fouls im Freundschaftsspiel
Wirst sehn, dass ich in **Mayrlambach**
noch so manchen Bayer lahm mach!

Da steht sie drauf!
Heute Abend in **Mehrnbach**
ich ihr den Bär'n mach

Der Erbe des Instrumentensammlers ist überfordert
Was ich nur in **Messenbach**
jetzt mit all den Bässen mach!

Verräterischer Kuchen
Bei Tante Anna in **Mitternberg**
ich die Mandeln schon am Bittern merk

Immerhin ein schöner Anblick!
Während sie sich sonnt, mäh
ich den Rasen hier in **Mondsee**

Löten will auch gelernt sein
Nach langer Lehrzeit hier in **Mötlas**
fand er erst das rechte Lötmaß

Erotische Abwechslung
Heut Abend in **Mühltal**
hüll dich in Tüll mal

Unzufriedene Kids
Wir fanden's in **Murau**
ur-mau ...

»Eure Majestät, wie soll der Kartenschreiber
nun diesen Ort bezeichnen?« –
»Ach, der nenn's
Nach der Enns.«

Der deutsche Tourist beendet seinen Urlaub
Ich mich nun auf nach Battern[3] mach,
drum verlass ich **Natternbach**

Waidmanns Stolz
Im Museum von **Neidharting**
ein Hirschgeweih besond're Art hing

Üble Nachrede
Aiso, die Ida nennt er'n
den Oarsch von **Niederentern**

Manche mögen's konservativ …
Der Besuch von Bischof Laun freit den
fleißigen Pfarrer von **Niederfraunleiten**

Vom Winde verweht
Bei starkem Wind in **Nonsbach**
lief ich meinen Bons nach

Nachsendeauftrag
Ich zieh um nach **Nöstlbach**,
schickst du mir mein Pöstl nach?

Leicht davongekommen
Ich muss als Buß nach
Nussbach

Unersättlich
Seit Stunden frisst er in **Nussdorf am Attersee** …
Ist endlich satt er? – Nee!

Vogelforscher übertreibt es etwas
Im schönen **Oberalberting**
ich jedes Viech brutal bering

Luchpaket, japanisch
Auf der Fahrt nach **Oberaustall**
esse ich im Stau Aal

---

3 in Thüringen

Zickenalarm bei der Wahl zur »Miss Punk Oberösterreich«
Die Haare färbt sie – Sauerei! – pink,
drum sticht sie mich aus in **Oberbairing**

Gewichtsheberstatistik
107 Kilo hob er am
13. Jänner in **Oberham**

Seine Durchlaucht scheut die Gartenarbeit
Gärtner, bitte, grob er, ich
wort daweu in **Oberkriech**

Ehrgeizige Gattin
Seine Karriere tümpelt bloß in **Oberlangbath**,
ich wünschte mir, dass er den Job von Bob erlangat

Saufurlaub
In **Obersee**?
We never stayed sober, ey!

Nicht an Frauen interessiert …
Was ich auch versuchte in **Obertreubach**:
Ständig blieb nur Bob er treu. Ach!

Kunstfertig
Für den Umhang des Schneemanns wob er Eis
beim Schneemann-Wettbauen in **Oberweis**

Ob das Wetter hält?
Heut treff ma uns, wir hoffen außen,
und machen ein Picknick in **Offenhausen**

Wunder der Technik
Drück ich die Tasten »P«- »strg« – »alt«: Ping!
Beamt mich der Rechner glatt nach **Palting**!

Beim Schreiben dieses Buches …
Ich schüttle gerade **»Peilstein«**
und frag mich: Was ist ein »Steilbein«?

Seltenes Promi-Spotting
Du glaubst mir nicht? Ich kenn Pink!
Ich traf sie einst in **Penking**

Hasso hat zu oft »101 Dalmatiner« gesehen …
Wenn laut genug ich in Luzern bell,
hört man mich sicherlich bis **Pernzell**!

Kein Grund zur Beunruhigung I
Ist da wer bang
in **Perwang**?

Kein Grund zur Beunruhigung II
Das ist doch lächerlich, Bär'n
laufen nicht frei in **Pichlern**!

Doch ein Grund zur Beunruhigung
Gar schrecklich wird dem Wiesel bang,
trifft es auf Bären in **Pieslwang**!

*Begegnung in **Pischelsdorf***
Gar reizend war der Bengel, ach,
den ich einst traf **am Engelbach**

Woody Woodpecker
Wenn ich fest genug dran peck,
gelingt das Loch mir in **Prandegg**!

Bestens geeignet für den Job …
Was ich mit dem Eunuchen bau?
Ein Frauenbad in **Puchenau**

Unfreundlich
Ach halt doch deinen Schwabenrand!
Wir wollen keine Piefkes in **Rabenschwand**!

»Mitten im 8en« – letzter Versuch
»Wir könnten noch die Staffel retten,
verlegten wir's nach **Raffelstetten**!«

Problemkreis: Mensch zweiter Klasse
Ich gehe stempeln in **Ramsau**,
doch behandeln s' mich am AMS rau!

Ried im Innkreis – und das gleich dreimal ...

Songwriter in der Krise
Mir schien die Zeit in **Ried** lang,
als ich um Zeilen für mein Lied rang

Erfreulich!
Im Sommer tun die **Rieder** Madln
auch gerne ohne Mieder radeln

Beziehungskrise, fragmentarisch
Du fragst, was ich in **Ried** mache?
Ich schwor, weil sie mich mied, Rache!

Unter Gastwirten I
»Dein Gulasch ist ein Hit!« – »Rahm
tat ich rein in **Rittham**.«

Unter Gastwirten II
»Nimmst Obers du in **Roitham**
oder nimmst du heut Rahm?«

*»So, Männer, jetzt gehen wir alle noch mal schnell aufs Klo
und dann ...«*
Lasst uns losreiten
nach **Rossleithen**!

Merke: Den Botendienst soll man nicht ärgern!
Hart traf mich des Boten Rach':
er stellte nix zu mir in **Rottenbach**!

Wer den Schaden hat ...
Er trägt 'nen Katheter am Bart,
drum lachen s' ihn aus in **Sankt Peter am Hart**!

Hätte die Stimme für eine Weltkarriere
Und ich Narr sing
nur in **Sarning**

Wir warten schon so ...
Ach, Schah,
wann kommst nach **Schacha**?

Trotzdem fad
Wir spielen Tennis, Fußball, Schach
beim Sommercamp in **Schallbach**

Auftragserteilung, historisch
Ihr sprecht mit einem Barden, Scherge,
zieht weiter dann gen **Schardenberge**

Kurze Einkaufsliste
Käse aus **Schärding** (lecker!)
und zwanzig Pfifferling-Deka

Wie einst Lilli Marleen
In der Laterne starr'n Schein
stand sie da in **Scharnstein**

Eingedenk der Tante Jolesch ...
Der schiache Bua aus **Scharten**
is schon auf seine Art scheen

»Schwiiiiing!«
Die in **Schießdorf**
die's schorf!

Schwangere Klosterköchin im Mühlviertel
Im Kloster hier in **Schlägl** fand
ein Mönch sich jüngst als Flegel. Schand!

Ob das ein Erfolg wird?
Die Wellnesskur in **Schleißheim**
funktioniert mit Heiß-Schleim

Frei nach Grimm
Fast wie beim »Süßen Brei« versank **Schwaigthal**
vor Urzeiten einmal im leck'ren Teig-Schwall

Organspende
Ein Loblied auf die Nier sing
dem Spender dort aus **Sierning**

»Tour de OÖ«
Heute sieht man in **Stadl-Traun**,
wie sich d'Radl staun

Kein Sportsgeist
Vor Wut er in den Ball stach,
nach dem 7:0 in **Stallbach**

Was ausgefressen
Ich muss in **Steegen**
im Eck stehn ...

Ich fürcht, die laden mich nimma ein ...
Heimlich ich in **Steineck**
die Silberlöffel einsteck

Käufliche Liebe in der Michaelerkirche
Während mich mein Freier stieß,
betrachtete ich das **Steyr**-Fries

Unbeliebte Regionalpolitik
Sag, kommt der leicht aus **Steyr**, euer
Entwurf für die höh're Eier-Steuer?

Des Hasen Freud und Leid
Hinter Büsche ich die Eier steck
beim Osterfest in **Steyregg**

Doch anderntags in **Weyregg**
waren plötzlich alle Eier weg!

Klassisch
Sie schnapsen in **Summerau**
um a Sau!

Allgemein ...
Ich kauf Tierchen
in **Taufkirchen**

... und speziell
Und die grau'n Tierchen
kauf ich in **Traunkirchen**

PMS
Wie soll ich bloß deine Laun deiten?
Unergründlich bist mir in **Taunleiten**!

Liebesleid
Du brachst mein Herz in **Ungenach**
Nun geh, ach!

Die Grander-Technologie ist nix dagegen!
Man wird wie durch ein Wunder alt,
trinkt Wasser man in **Unterwald**!

Na warte!
Ich hoff, dass ich den Wicht fang,
der mich beklaut in **Viechtwang**!

Dem Prinzessin-Lillifee-Magazin entnommen …
Mein Häuschen hier in **Vierzehn**
hab ich geschmückt mit Zier-Feen

Gut gemacht!
Spiderman in **Vocking**
ausgerechnet Doc Ock fing

Wenn Wiener Touristen frieren
Bei Minusgrad in **Vorderstoder**
wor a gonz schee storr, da Voda

Kärntner warnt
Du sullst nit ins Moor fosn,
nit amol in **Vormoosen**

Vokuhila-geschädigt
Du nennst ein Aas wen?
– Na den Friseur in **Waasen**!

Anleitung: »Wie man sich eine Frau bäckt …«
Erst knet er Teig in **Wackersbach**,
dann küss er'n und dann back er's wach

Gut gelaunt
Ich freundlich Jung und Alt wink
beim Bummeln heut in **Walding**

Heavy Metal
Bei dem Lärm in **Wambach**
wer'n sogar die Bam wach

Aber volkstümlich isses auch nicht leiser …
Die Blasmusik in **Weyerbach**
macht sogar an Bayer wach

Ziemlicher Hatscher
Ich leg Weiten
zurück nach **Wegleiten**!

Kneipp, extrem
Ich steige in den Eisteich, wetten
wir um ein Krügerl in **Weichstetten**?

Der Pfarrer ist gegen die Eröffnung eines Eso-Shops
Kruzitürken! Heiden wollts
werden hier in **Weidenholz**?

Stille Hoffnung
Siehst du mich heut in **Weierfing**,
wenn ich dir bei der Feier wink?

Geologe, unerschrocken
Wenn ich mich um den Fels winde,
ich manchen Stein aus **Wels** finde!

Was für ein Hüftschwung!
Wenn ich mit meiner Lend wink,
kreischen d'Weiber stets in **Wendlink**

Frisch gekocht
Der Krautsalat in **Wetzelsberg**,
der war Sabine Petzels Werk!

Bin ein bissi schüchtern
Ob ich mich ran an Hilden wag,
wenn ich sie seh in **Wildenhag**?

Frage
Wie kindisch war's den
in **Windischgarsten**?

Vom Muschlsuchen in Fuschl: Salzburg geschüttelt

Zufrieden nach dem Kururlaub
Na det
war'n Spaß in **Adnet**!

Tourist erkennt Taschendieb
Da läuft der Schuft in **Altenhof**
– halt 'en of!

Bewährte Salzburger Aufrisstaktik
Ich wird mich vors Schloss in **Anif** knien,
so lock ich (das ist mein Kniff!) ihn

Oder am Konsum?
Es liegt am Bier in **Bachwinkl**,
dass ich, kaum bin ich wach, pinkel

Brutale Masseuse unterwegs 1
Ich fleh sie an in **Bairau**:
»Geh, nicht so fest mich reib. Au!«

Sicher nicht Shakespeare
Das Laienstück in **Bundschuh**
war ja reiner Schund. Buh!

Eindeutiges Symbol
Das Labor in **Elixhausen**
hat a Doppelhelix außen

Brutale Masseuse unterwegs 2
Mich hat's massiert in **Faistau** –
jetzt ist mein Nacken steif. Au!

Die Domina dagegen versteht ihr Handwerk
Sie peitscht mich aus in **Faistenau** –
ich hab schon einen Steifen ... Au!

Nach dem Ehestreit
Sie bemüht sich und stellt fein
Blümlein am Tisch in **Feldstein**

Adeliges Weidmannsheil
Ich wünsch ihm Glück! In **Feuersang**
möglichst viele Säu' er fang!

Wann mi des Reisbüro net ...
»Wie war's in **Flachau**?«
»Ach, flau.«

Betuchter Kunstliebhaber
Er leistet sich in **Frohnwies**
im Wohnzimmer ein Wohnfries

Urmeer
Solche wie diese Musch'l feist
findet man auch in **Fuschl** meist

Kriminelle Praktiken sind usuell
Fahr nicht nach **Gadaunern**,
weil die stets da gaunern

Vertreter im Glück
Rings herum um **Gainfeld**
verdiene ich meist fein Geld!

Almost »Fiddler on the Roof«
Ich sitz oft in **Gasteig**,
wo ich auf an Sta geig

Zu wenig Kundschaft
Der Gepäckträger von **Gerling**
tagein, tagaus nur leer ging

Geschichtsverfälscher unterwegs
Ginau
war nie Gau!

Sich vor Begeisterung überschlagende Oma
Den Kinderchor von **Goldegg**,
den find ich süß, lieb, toll, keck!

Heimweh im nordischen Exil
Als ich dann nach Malmö ging,
träumte ich stets noch von **Göming**

Tourneetheater (oder: In Grubing müsste man sein)
Es waren die Rufe »Buh« g'ring:
mehr Leute klatschten in **Grubing**

Zum Ersten, zum Zweiten und zum …
Der Gürtel aus Wampum ging
zum Millionär aus **Gumping**

In der Pension zurückgelassen
Bin ich ganz allein hier?
Seids alle in **Hallein** ihr?

Prominent platziert
Was dort auf dem Wall hang?
Die Postkarte aus **Hallwang**

Leider zu nah verwandt
Drüben dort in **Hasenbach**
hab ich die schönsten Basen, hach!

Dracula auf Reisen verfolgt die Zeitungsberichte über seine Untaten
Während er das las, hing
kopfüber er in **Hasling**

Nach der dritten Portion tuscheln die Ober über den Gast
Du, ich glaub, aus **Hefenscher**
kommt dieser Haschee-Fan her …

Lokalpolitiker als Laienschauspieler (vierfach)
Shakespeare gibt man in **Wallersee**:
Des toten Vaters Seel' er war,
doch keinen seiner Wähler sah
er da – so klagt dem Saal er Weh!

Oppositioneller Lokalpolitiker will einen Einsatz als Drehort verhindern
Bei der Location-Suche den Eastwood Clint er hemm' –
der Ami kommt mir nicht nach **Saalbach/Hinterglemm**!

Gefährlicher Vollrausch
Gestern Nacht in **Hintersee**
es trank zu viel Absinth er, he!

Wenig überraschend
Dir ist kalt in **Hinterwaldberg**?
Na ja, Winter halt ... Berg'...

Lokale 3D-Grafiker planen Großes
Also, Burschen, da in **Hirnreit**
woi' ma des generiern heit?

Ex-Bergarbeiter findet einen neuen Job
Weil früher er nur kroch, Himmel
war die Arbeit für ihn in **Hochkrimml**

Der alte Bauer kommt kaum mehr ins Dorf ...
Gedanken um sein Wohl hegen
so manche sich in **Hohlwegen**

Unter Züchtern
Wegen dieser Beagle-Sach'
fahr ich heut nach **Iglsbach**

Präsenzdiener hat seine Truppe verloren
Rings herum und in **Illmitzen**
such ich nach meinen Milizen

Obwohl er so manches vorher gehört hatte ...
Er ohne Scheu ging
nach **Keusching**

Problemkreis SF: Kaum geklont schon Superheld!
Es versetze sein Klon Berg
nach dem Upgrade in **Kleinsonnberg**

Freche Ankündigung des Gentleman-Diebs
Was aus dem Barock klau
ich demnächst in **Klockau**

Satanisten-Band auf Tour
Stell dir vor, in **Krössenbach**
hörte ich den bösen Krach!

Nichts leichter als das
Will ich nach **Kuchl** zum Bauern, dann
nutze ich einfach die Tauernbahn!

Tourismus modern
Schau amal, da der Link
öffnet die Website von **Laderding**

Zu viel blöde Aufkleber auf der Stoßstange
Beim Autotreff in **Lampersbach**
ich über alle Bumpers lach

Skandalöse Diebe mit Robin-Hood-Ader
Sie hehlen
in **Lehen** –
doch sie teilen
in **Leiten**

In Wirklichkeit gar nicht krankenversichert!
Den Zahnarzt dort in **Lenzing**
ich mit meinen Zähn' link!

Fade Schulzeit
In der Schul' in **Leogang**
wird Mathe mir und Geo lang!

Carpe diem!
Trink, ess, lach!
Am besten in **Lessach**!

Ernüchterung nach der Ostasienreise
Erst der Chinesen Land! Ming!
Und jetzt wieder **Mandling** ...

Erst die Jause!
Bin ich erst wirklich satt, mäh
ich weiter Gras in **Mattsee**!

Vergleich des Gästeaufkommens
»Die Werberei für **Mayrberg**
wirkt, wie ich an dem Bayer merk!«
*
»Wir ham's versäumt in **Mitterberg**,
wie leider ich jetzt bitter merk!

Is eh genug Platz dort
Die Tante lad ich ein aus **Mühlbach**
zum Fest, dass ich im Vestibül mach

Der Tiroler Briefträger mag seinen neuen Job nicht
Lieber ich mir Kitzbühl merk
als die Adressen in **Mühlberg**

Klimawandel
Mi'n Gartenschlauch ich alle Säu' näss
bei dera Hitzn heut in **Neuseß**

Beruf
Bin Stadtrat
in **Radstadt**

Unübersichtliche Kurve mit Wildwechsel
Dauernd in **Reitlehen**
überfohrn die Leit' Rehen

Öfters schlecht geschlafen
Mit dem Beil in **Rettenbach**
nehm ich an allen Betten Rach'!

Nachholbedarf oder Geschmackssache?
Im Vergleich zu **Rettenstein**
finde ich **Amstetten** rein

Multi-Kulti-Event
Ich lass den inner'n Yogi raus
beim Hindu-Clubbing in **Rigaus**

Die Gastgeberin ist stolz auf die tellerüberragenden Riesen-Schnitzel
Sieht keiner mehr noch wo den Rand?
Tja, so machen wir's in **Rothenwand**!

Genug Sonnenstunden
Nach der Sommerfrische in **Saalfelden**
bleiben die Leute fahl selten

Lonesome Tourist
I sitz allaa in **Salzburg**
und moch ma um mei Balz Surg …

Schon angekommen
Da schau!
Schattau!

Nach dem Lottogewinn auf Marokko-Reise
»Früher werkte er in **Schattbach**,
jetzt spielt der Michl in Rabat Schach.«
»Aber ihm ist fad, gell?« Schaden-
froh tönt's aus **Schellgaden**

Als Visagist unterwegs zum Missen-Bewerb
All die schönen Mädels, die schmink
heute Abend ich in **Schmieding**!

Outdoor-Wettbewerb, wetterabhängig
Sie spielen schon bei leichten Bö'n Schach,
aber nicht bei Sturm in **Schönbach**!

Investitionen im Wellness-Sektor
In **Seetal**
bauen sie jetzt einen Tee-Saal

Bonjour tristesse
Sie lesen Camus jetzt, die Satre-satten
Frankophilen in **Seetratten**

Er sieht zwar aus wie Harry ...
... doch denkt der Max sich oft in **Sonnrain**:
»Viel lieber möchte ich der Ron sein!«

Ewiger Querulant im Heimwerkermarkt
Es nervt, dass er in **Strobl** heit
scho wieder um den Hob'l streit'!

Auf den Spuren von Dancing Stars?
Sie tanzen hier ganz eng Twist,
weil das der Trend in **Tweng** ist

Entminungsdienst versagt bei altertümlicher Bombe
Er löschte nur der Lunte Rand,
drum ging sie hoch in **Unterland**

Alibi
Als ich von dem Mord erfuhr,
war ich grad in **Vordermuhr**

In der Türkei als Animateur gestrandet
Wenn ich nach Gläsern voll Arrak wein,
liegt das am Heimweh nur nach **Wagrain**

Wie man sich bettet ...
Fünfmal wurd ich in **Weikersbach**
vom Schnarchen dieses Bikers wach!

Keine Salzburger Straßenbahnindustrie
Nein, auch in **Wimberg**
haben s' kein Bim-Werk

Romantik beim Umweltschutz
Beim Mülltrennen in **Wölting**
ich ihr mit dem Altöl wink ...

Irrtum beim Fensterln
Sag, ist nicht die Hedda z'aus?
– Nein, die wohnt nicht in **Zederhaus**!

Problemkreis: Ladenhüter
Das Treibgut aus dem **Zeller See**
ist leider als Seller zäh …

Und ewig lockt das Bier, dem er zu Silvester abgeschworen ...
Die Vorsätze aus **Zell**, die hehren,
– o wie, ist's blond und hell – die zehren!

Von Nackerten in Krieglach: Steiermark geschüttelt

Rat der Wahrsagekarten an Elisabeth
Fahre nach **Admont**, Lies' –
– selbst wenn man dich entlohnt mies!
*
Geheimtipp von Zicke zu Zicke
Am besten fährst nach **Admont**, Schätzchen,
mach dort, wo man dich schont, Mätzchen

Autobiografisch
Gestern fiel in **Adriach**
auf d'Nasn mit'm Rad i, ach!

Steirischer Marathon (unter Kärntner Beteiligung)
Wohin lafen s'
in **Aflenz**?
*
Ui, is sie flink
beim Wettlauf in **Fliessing**!
*
Den ganzen Tag renn
ich umanand in **Graden**!

Warum ich dort einkauf?
Der hat halt offen,
der Greißler in **Althofen**

Keine Spießer
Sind die dort starr? – Nein!
Voll lässig san s' in **Arnstein**

Weil ich einen Schnupfen hab
Ich war niesen
in **Arnwiesen**

Bauer sucht Frau
Es seufzt ein jeder Bauer: »Ach!«,
sieht er die Maid aus **Auerbach**

Yoga auf der Aussichtsplattform:
Wennst weit genug dich zruckbeigst,
mir durch die Kniekehlen **Bruck** zeigst!

Beobachtung 2
Die Musiker in **Bruck an der Mur**
spielen wenig Moll, dafür mehr Dur!

Buerlecithin wirkt!
Na so was, sind die Alten keck,
die man hier trifft in **Kaltenegg**!

Pfadfinder
Sie bauen ein hübsches Bamdach
aufs Waldhäuserl in **Dambach**

Lokale Spezialität?
Auf den Kuchen kommt ein Birndach:
So macht man's halt in **Dirnbach**!

Unerhört
Er sagte mir, sei' Weib is alt,
drum trifft ein Dirndl er in **Eibiswald**

Enttäuschende Keramik
Zum Töpfer ich nach **Etmißl** schau,
doch find ich seine Schissl mau

Sittenstrolch
Ungestört kann ich hier stalken. Fein!
Drum fahr ich gern nach **Falkenstein**.

Anstatt eines Pissoirs?
Greif dort net hin, des is a Pischfach!
Da pischen 's alle rein in **Fischbach**.

Toilettefehler und falsche Zielkoordinaten
Er:
»Flickst du mir noch die Naht, flitz
ich dann schnell nach **Fladnitz**.«
Sie:
»Naa, flitz
nach **Lafnitz**!«

Am Ende der Party
Es gibt hier Gin, doch gibt's noch Fizz?
Sonst sauf ma'n pur hier in **Fochnitz**

Ordnung muss sein
Der König legte ins Roi-Fach
die Urkunde des Ortes **Foirach**

Tipp
Nicht ins Bett näss', Fritz!
Sonst lachen s' dich aus in **Freßnitz**!

Tipp 2
Dein Schwein pökel
stets nur in **Köppel**

Ungeeignet für den Jakobsweg
Er schon ziemlich lahm ging,
dabei war hier erst **Gamling**!

Wenn auch keine Tatzelwürmer
Es gibt manche Sagen
über **Gasen**

L'art pour l'art
Man sieht sie manchen Stein glätten,
beim Kunstworkshop in **Gleinstätten**

Frühschoppen
Mit viel Getös' ging
der Umzug los in **Gösting**

Dumm gelaufen
Während ich das eine Ende löt, ging
das andre wieder auf: Arbeitspech in **Göttling**!

Floristen-Erotik
Mein Gott, ist diese Kalla groß,
die ich heut noch in **Gralla** kos'!

Don't drink and drive
Mi'm Auto ich in **Grambach**
in einen großen Bam krach

Es gibt immer was zu tun!
Bevor ich wegen zu wenig Watt grein,
kauf ich a neue Glühbirne fürs Haus in **Gratwein**

Die heiße Schlacht am kalten Buffet
Weil ich mir gschwind den Bonifaz krall,
ich auf die Nase beim Käs'-Fest in **Graz** fall!

Performance, laut
Sie machen mit Arm und Bein Krach
beim STOMP-Gastspiel in **Greinbach**

Unglückliche Köchin
Zerfallen ist er mir in **Großklein**,
ich nun wegen dem Kloß grein!

Zahn der Zeit
Schön langsam wird der Bub grauer,
so altert der Frauenschwarm von **Grubbauer**

Es war die letzte!
Ich mir die Zahnpastatub' krall
heute beim BIPA in **Grubthal**

Huhn auf der Durchreise
In dieser Minute gacker
ich kurz in **Gutenacker**

Säufersolidarität
Beim Komatrinken in **Hadernigg**
ich dich nicht vernader. Hick!

Alternative Landwirtschaft
Ich sehr an dem Kenaf hing,
den ich gepflanzt in **Hafning**

Was Frauen wollen
Mach dich ein bissl fein, Held,
dann rette mich aus **Hainfeld**!

Heimweh
Ich denke mir in Basel: Hach!
Wär ich doch bloß in **Haselbach**!

Heimweh 2
Was mach ich hier in Linter[4], Heinz? Ach!
Wär ich doch bloß in **Hinterlainsach**

Überm Limit
Warum ich so schnell ras heit?
Ich muss vor fünf nach **Hasreith**!

Verspätete Maibräuche
Die Steirerbuam, die raufen heit,
in **Gschaid** und auch in **Haufenreith**

Ehekrise
Weil's mit uns nicht so gut lief, hau
ich nun ab aus **Hieflau**

Ehekrise 2
Statt dass ich dich bloß fopp, hau
ich dich voller Ernst in **Hopfau**

Spielschulden sind Ehrenschulden
Was ich dem Till zahl?
Den Wetteinsatz im **Ilztal**

Elvis lebt
Läuten S' einfach an bei »King«,
dann macht er d'Tür auf in **Kaibing**

---

[4] Limburg / Hessen

Eine Unart
Er ist ein ewiger Bandlkauer,
drum kauf ma stets neue in **Kandlbauer**

Leider nein
Ich finde hier beim Stapfen kein
Schwammerl im Wald bei **Kapfenstein**

Enttäuschter Vater
Wir sehen ja die Bersch' kaum,
wann kommen s' zrück nach **Kerschbaum**?

Kirtag
Ich lecke die Lakritz' keck
im Sausal, hier in **Kitzeck**

Liebesbeweis?
Ach klau,
was in **Klachau**!

Gott und die Welt
Sogar den DJ Bobo kennt s',
die Anneliese aus **Kobenz**!

Minimalistische Meteorolgie
Wo kalt? –
Kowald!

Begeisterter Nudist
Es gibt beim Sonnenbad in **Krieglach**,
weil splitternackt ich da lieg, Krach!

Vorzeitige Alterung
Die Kuh wird bei jedem »Muh« grau,
bei Admont, am Hof in **Krumau**

Faule Ausrede bei der Prüfung
Es liegt am Wein aus **Laintal**,
dass ich in Latein lall

Bedingung mit Sprachfehler (Französisch?)
Wenn die 'ier größ're Stamperl 'ätten,
bliebe ich gern in **Lamperstätten**

Amour fou
Ich liebte sie erst heiß, dann lau,
aus war's mit ihr dann in **Landau**

Erziehungsmethode, zweifelhaft
Ich ziehe dir die Wangen lang,
wenn du nicht folgst in **Langenwang**

Bildung, lebensnah
Wo ich über Liebe lern?
Bei den Mädchen aus **Lebern**

»Herr, der Du bist vormals gnädig ...«
Ich sing die Werke gern von Rebling
mit dem Kirchenchor von **Lebring**

Verspätete Anerkennung nach der Durchfahrt
Ich wollt' dich eh loben
bei **Leoben**

Warum nicht?
Ich überleg mir, den Umweg über **Liezen** zu machen,
um dort mit den lieben Miezen zu lachen

Trickreiche Ehefrau
Wende ich an die Maggi-List,
isst er selbst Kuhmist in **Ligist**!

Das Böse ist immer und überall
Bald ist die ganze Stadt mein!
Dann hersch ich über **Madstein**!

Drogenszene, fad
Ich kaue hier recht lax Mohn,
sonst gibt's ja nix in **Maxlon**!

*

»Ach, wenn wir bloß mehr Stoff hätten!«
jammerten sie auch in **Hofstätten**

*

Dann zogen sie sich Shit rein
beim Punkertreff in **Rittschein**

Auffälliger Sommerfrischler
Wenn ich weil in **Modriach**,
ich jed's Mal ein Halodri mach

Mein Nachbar macht Karriere!
Den ich um Milch einst in **Murau** bat,
ernannten gestern sie zum Baurat!

Gewichtheber, lyrisch
Sag an, was hob er all'
beim Wettkampf in **Oberhall**?
*
Die meisten Türen in **Oberhaus**
hob er aus

Kranker Lipizzaner
Wie schmeckt das Gras in **Piber** fein!
Wie ersehn ich's in der Fieberpein!

Musikalisches
Es macht ganz herrlich »ping!«,
mein Triangel aus **Pichling**

Aufbruch zum Zahnarzt
Ich muss noch zur Bahn, in zirka
einer Stund reißen s' mir den Zahn in **Pirka**

Von den Tücken herrschaftlicher Kindererziehung
»Du sollst net auf die Kron' patzen!«,
mahnt der König sein Kind in **Pongratzen**

Othello, steirisch
Dass sie ihn hörnte, wusst' er bald,
drum lyncht er sie in **Pusterwald**

Problemkreis: Bohneneintopf
Seinen vierten Schas ham s' nimma darochen,
sie flohen vor ihm g'schwind nach **Radochen**

Raus aus dem Auenland!
Der Frodo behandelte Sam rau,
drum floh dieser in die **Ramsau**!

Lokalpatriotismus, übertrieben
Was ich in d'Nas' ritz?
Das Wappen von **Raßnitz**

Unerwartet in dieser Gegend ...
Man sieht Sir Lancelot reiten
zum Ritterspiel nach **Rothleiten**
*
Doch niemand weiß, warum in **Stambach**
er die Lanze in den Bam stach

Warnung vor dem Schädling
Lass bloß keine Motten ran!
Die vertilgen im Nu halb **Rottenmann**!

Historisches Foto
Der Hans spielt auf dem Bild Schach
gegen Kasparow in **Schildbach**

Frustrierter Straßenmusiker
Wahrlich, ich müh mich in **Schladming** sehr,
doch bleibt der Hut, was ich auch sing, leer!

Deutsche Touristen
»Zoi'n Sie bar?« – »Nö, Scheck!«
Das freut den Wirt nicht in **Schönegg**

*Prominenter Urlaubsgast in **Semriach***
Die Bergsteiger am **Schöckl** stauen,
denn alle woll'n die Barb'ra Stöckl schauen!

Pech am Viehmarkt
Er fragt mich nach 'ner Sau.
Ich hab nur Eber in **Sernau**!

Sommerliches
Es war hier in **Steinbach**,
dass mich das Viech ins Bein stach!
*
Sommerliches 2
Ich lieg im Bett, doch beißen wach
die Gelsen mich in **Weißenbach**

Skandal: Ausgeraubt im Kuschelhotel!
Ich fuhr nach **Söchau** wegen der Liebe,
nun ist mein Börserl leer! Diebe!

Fit & Fun
Montags ich meine Bein' stärk
durch »Bauch-Bein-Po« in **Steinberg**

Wunderheilung im Bezirk Radkersburg!
Er verlässt – ohne Verband! – **Straden**
und fährt an einen Strand baden

Mama kocht am besten
Ich stets meine Buben stärk
mit Kasnockerln in **Stubenberg**

Familienbande
Mit meinem Neff' trink
ich Schnaps in **Treffning**

Lieber anderswo
Geh, trist
ist **Tregist**!

Wer's glaubt …
Was ich am Rand vom Wegl trank?
Den Hollersaft aus **Treglwang**

Bislang erfolglos
Ich stets den Dario Fo dräng:
»Schreib ein Stück über **Trofeng**!«

Palio, steirisch
Pferde aller Größen traben
gemütlich heut nach **Trössengraben**

Idylle
In der Früh findet man nur Tau
auf den Wiesen in **Turnau**

Problemkreis: Baustelle
Ich bau grad
was in **Kraubath**

*

Da liegt aber viel Schutt, ach,
räumts den doch weg aus **Tutschach**!

*

Ich mit meinem Bagger werk
einstweilen am Schutt aus **Wagerberg**

Zum Andenken
Ich stell mir in mein Stübel ein
Souvenir aus **Übelstein**

Wurde schon Zeit
Er entfernte sein Bartwerk
in **Wartberg**

Problemkreis: Lokalprominenz
Ihr meints, ihr seids wer?
Na immerhin in **Weiz** sehr!

Beobachtung
Man findet Diven
selten in **Wieden**

Tamino auf dem Lande
Ich werde gleich, seh ich dies Bild, wach
schon zieht's mich zu ihr nach **Wildbach**

Rinder unter sich
Der Stier hört grad den neusten Kuhwitz,
drum lacht er so laut im Stall von **Wuggitz**

Ach wie schön
Ich zu seiner Leier sing
ein Liedlein über **Zeierling**

Fieser Lehrer
Die Schüler ich in **Zwaring**
gar oft zu Algebra zwing!

Schladminger Tauern-Special:

Heißa, wie ich in der Hirse wüte
hier auf der **Landawirseehütte**!

Schnell, den Stempel, hol ihn! Güte-
siegel vergeben wir für die **Gollinghütte**!

Von Fräulein Hilton in Ischgl: Tirol geschüttelt

Sehnsucht
Es denkt gern der Harald ans
Wochenende in **Aldrans**

Klage des Schundschriftstellers über das Philosophie-Forum
Es diskutiert in **Alpbach**
niemand über Pulp – ach!

Fußball
Den Stürmer von **Anras**
feuerns an mit »Ran, As!«

Urlaubsentscheidung Steiermark – Tirol
Lassing
oder **Assling**?

Verregnetes Sommerfest
Wir mussten zum Grill waten
in **Außervillgraten**

Oje, Panne bei den Winterspielen!
In der **Axamer Lizum**
fiel das Ziel um

Fades Feuerwehrfest
Es gab kaum Bierchen
in **Baumkirchen**

Alter Hut
Ich kenn solche Sachen eh
aus **Eben** noch **am Achensee**

Entrüsteter Pensionist
»Hier ist bitte wer alt?«,
rief der Greis in **Ehrwald**

Minimalalpinist
Ich erklomm den Fels
in **Fendels**

Lust auf teure Hotels?
Gibt es auch in **Fritzens**
Ritz-Fans?

Unzufrieden mit der Bedienung
Nein, ich zahl kein
Trinkgeld mehr in **Gallzein**

Landschaftspreisrichter unterwegs
Ich das schönste Tal kür,
drum komm ich hier nach **Galtür**

Fixer Barkeeper
Kaum war das Glas leer, goss
er mir wieder nach in **Gerlos**

S/M in Tirol
Die Domina von **Gnadenwald**
mir d' Peitsche auf die Waden knallt

Ehrfurcht vor den Bergen
Was ist denn ewiger
als der **Großvenediger**?

Verlängerter Urlaub
Noch bis Ende Mai hing
er noch ab in **Haiming**

Warum ich mein Pferd einfach an einen Zaun gebunden hab
Leider bin ich in **Hall** stier,
drum stell ich es nicht in an' Stall hier

Liebe zu Attila
Die Schöne von **Hatting**
so an ihrem Att' hing

Trotz Bergnot fröhlich
In der Wand in **Heiterwang**
pfiff er, als er weiter hang

Verbalinjurist
Der böse Bursch von **Hinterriß**
alle Leute Rinder hieß

Lüsterner Wunsch
In **Hopfgarten in Defereggen**
würd' ich gern die Eva decken

Etwas stark
Aus der Küch' in **Häselgehr**
riecht bis hier das Käsel her

Statt Kaspressknödeln
Ich schwöre es, du nimmst ur
ab, isst du Salat in **Imst** nur

Bewegte Sakralfigur – ein Wunder!
Ich sah des Cherubins Ruck,
im Jakobs-Dom in **Innsbruck**!

Long Distance Relationship
Ich fahr zu meim Mädl nach **Innsbruck** ume
und huck mi dazua – »i bin's, ruck ume«

Kurzbesuch per Helikopter
Auch **Ischgl** besuchten die Hilton-Schwestern gach,
doch ich fand den Auftritt gestern schwach ...

Deutscher Einwanderer
Den Bergmann dort in **Jerzens**
nennt man auch den »Erz-Jens«

Zu schön, um wahr zu sein
Der Sonnenuntergang in **Kartitsch**
ist auch eine Art Kitsch

Fan deutscher Biere sorgt vor
Tagsüber in **Kitzbühel**
für'n Abend ich die »Bits« kühl

Man sollte dort bei der Volksmusik bleiben
In **Kolsass**
ist der Soul Kas'

Schuldirektor verweigert nach schlechten Erfahrungen
Nein, nein, nein, ich stuf' kein
Kind mehr ein in **Kufstein**!

Das Lokalblatt weiß Bescheid
Du weißt nix vom Skandal in **Ladis**?
Da lies!

Briefmarke vorhanden
Schickst du an Brief nach **Landeck** –
dann leck!

Beeindruckende musikalische Leistung ...
Der Musikus aus **Langkampfen**
kann klampfen!

Kaum Juden
In der Gemeinde **Lechaschau**
ist das Geschäft für Schächer lau

Langweile in Innsbruck
Da ist in **Lermoos**
Mehr los!

Keine erfolgreiche Karriere als Wiener Straßenbahnfahrer
Den Michl aus **Matrei**,
den nennen s' nur »Tram-Ei«
(seitdem gelten alle Matreier
als Tram-Eier)

Tiroler Machos unter sich
Ich sah ihn jüngst in **Nassereith**
mit einem Weib von Rasse! Neid!

Es lebe das Internet: in Milwaukee stell ich's in Netz und ...
... in **Nauders**
ladet down er's!

Flüchtling gen Süden
Aus **Neustift im Stubaital**
er sich jetzt nach Dubai stahl

Unzweifelhaft
Er ist der größte Pedant
von **Nussdorf-Debant**

Weil mein Auto kaputt ist
Ich nehm den Fährbus
nach **Oberperfuss**

Zu weit vom Schuss
In **Pettnau**
i lieber ned bau

Etwas hinten nach
Nur noch in **Pians**
geht's Überweisen ohne IBANs

O Fortuna!
Über die Höhe des Gewinns bang
ich beim Briefloszziehen in **Pinswang**

Kinderspiele
Im Hotel in **Ranggen**
ich gerne übern Gang renn

Entrüsteter Sonnenanbeter
Geh, verdecken
Sie mir nicht die Sonne in **Defereggen**!

Nicht geeignet fürs Landleben
Erst war ich in **Sankt Jakob in Haus**
doch dann wollte ich hinaus!

Zu lauter Ghetto-Blaster
Ich den Bengel in **Schattwald**
wegen seiner Watt schalt'

Problemkreis: Tierschutz beim Bergbau
Es bekommt sogar der kleine Spatz Schwielen,
tut er zu lang im Bergwerk von **Schwaz** spielen!

Fan der Oscar-Gewinnerin auf Urlaub
Sogar noch in **Schwendau**
Denk ich an Judi Dench – wau!

Deutsche Erinnerung an zarte Bande
Abends er in **Sillian**
über seine Lilli sann:
»Ja, einst in **Obertilliach**
sagt' zärtlich ich zu Lilli ›Tach!‹«

Durch die Lebenswirklichkeiten bedingtes Fasten
»Mein Gott, schau: Ist die da schmal!« –
»Sonst passt sie nicht ins Schmiedatal!«

Weil' schön ist
In **St. Sigmund im Sellrain**
möcht ich generell sein

Gänzlich andere Sorgen
In **Telfs** streiten s' um den Minarettbau,
ich finde mein Leintuch im Bett rau!

Spezielle Transportvorrichtung
Fürs Fest heute in **Thierbach**
nehm ich's Auto mit Bierdach

»Atomkraft – nein danke!« und Co.
Haben die in **Wattenberg**
nicht ein Protest-Button-Werk?

Aufdringlicher Paparazzi
Der Promis hier in **Wörgl** jagt,
ob er das auch beim Jörgl wagt?

Und übrigens:

I find **Tirol**
irr toll!

Von Luxuskarren in Übersaxen: Vorarlberg geschüttelt

Königlicher Auftrag
Das Leben einer Schwalb' er ende
beim Wettschießen in **Alberschwende**

Zu viel gewandert
Mir träumt' in **Altach**
von manchem Tal, ach!

Bsoffn im Ländle
Als schwankende Gestalte naht
sich mir der Schmied von **Altenstadt**

Sneakers sind auch nicht das Wahre
Ganz lange ich in **Andelsbuch**
nach meinem rechten Bandel such

Keine Marienerscheinung (aber fast)
An einem Baum in **Arbogast**,
da wächst ein Greta-Garbo-Ast

Tierliebe
Ich steck heut meine Sau ein,
sie soll mit mir in **Au** sein

I wü wieder ham ...
Sauer
auf **Au**? – Sehr!

Bob, der Meister
Was ich der Zenzi bau?
Ein Häuschen in **Bizau**

*

Doch lieber ich in **Bezau**
ein Haus mit eign'em See bau!

Käufliche Liebe
Kannst Geld du dir in **Bludenz** leih'n,
so bin ich bis zum Lenz dein!

Trotz Birnenbrand
Reiß ich mich zam in **Bludenz** noch,
dann schaff ich die Abst'nenz doch!

Mehrfache Starmania-Sänger-Heimat, mehrfach geschüttelt
Ich stolperte in **Brand**. Huch!
Jetzt hab ich einen Handbruch
❄
Mag sein, dass ich in **Brand** auch
amal meinen Verstand brauch
❄
Ich hab was verloren
Ich überall in **Brand** wühle,
verzweifelt an die Wand brülle,
❄
durch jeden Gatsch in **Brand** ich tauch,
bloß weil den alten Tand ich brauch!

Orientalischer Besuch
Wo der Eunuch pennt?
Im Ort, den man **Buch** nennt!

Sorge um die Landeshauptstadt
Geh, brennt's
in **Bregenz**?

Unerschütterlicher Schifahrer
Die Berg'? Also, ich find bei **Dornbirn** die fein!
Und brech ich mir auch im Firn die Bein'

Guter Rat für den Wildpark-Besucher
Du sollst net in d'Mäuler bei **Feldkirch** schauen,
sonst siehst, wie die Viecher der Welt schiach kauen!

Weil er nicht zuhört
Ich ruf: »Da is a Sta, Franz!«
Doch ihn haut's auf in **Frastanz**

Nach der Eheschließung
Vereint sie gingen
nach **Gisingen**

Lauter Whitney-Houston-Fans hier!
Will er beeindrucken die **Hard**er Gören,
muss Lieder aus »Bodyguard« er hören!

Es fragt der Hirsch den Jäger
Wenn ich ganz lieb rör, Hans,
schießt nicht auf mich in **Hörbranz**?

Pete Dohertys Versprechen an Kate
Ich möchte jetzt nach **Klaus** ziehn
– und dort bin ich dann z'Haus clean!

Weil's mir hier gfallt
Ich sitz am Dach und lob gach
die Aussicht hier in **Koblach**

Boa, da is laut!
Überall hörst nur: Tschinn, bumm, krach –
Silvester ist's in **Krumbach**!

Mein gnadenloser DG-Professor
Wenn ich über die Raute lach,
sitz ich gleich nach in **Lauterach**!

Verantwortungsbewusster Trinker
Obwohl ich, wenn ich zech, lalle,
ich stets die Zech in **Lech** zahle!

Altwarenhändler in Konkurs
Seine Geschäfte gingen lau:
Kaum wer kauft Schrott in **Lingenau**

Der alte Bregenzer Seppl[5] will sich nicht länger mit Schecks abspeisen lassen
Mag sein, es ist die Beute rar,
dafür zahlen s' mir in **Reuthe** bar!

---

[5] eigentlich Josef Lang, berühmter Anführer einer Räuberbande

Allergisch auf Schuppenhaut
Ich spür die Allergie in **Schnifis**
daran, dass ich bei jedem Fisch nies

Wiener Hausmeister – Après-Ski
Da zu viel trank vom **Schrunzer** Bier ich,
werd' hier zum Dauerbrunzer schier ich

Stilvoll
Ich schmiede viele Süberachsen
für Luxuskarren in **Übersaxen**

Von Finnen in Meidling: Wien geschüttelt

Mir schwirrt schon der Kopf
Sie labern
in **Albern**

Mein Ex war mir zu kindisch!
Den Rücken kehr ich **Aspern**:
Stets wollte Erich kaspern!

Über die monetären Vorteile einer Saalschlacht
Während die andern fighten, prellt
er den Wirt in **Breitenfeld**

Desperate Housewife
Nach Kärnten, nach **Gräbern**
ja da führe Bree gern.
Doch lass dich nicht verleiten, Bree,
bleib lieber z'Haus in **Breitenlee**!

So schnell vergeht der Ruhm im Dachdeckergewerbe
Einst deckte er bei Max Born Dach,
jetzt lebt er still in **Dornbach**

Erdbärgerlich
Wenn ich mich übern Bert ärger,
nenn ich ihn glatt an »**Erdberger**«

Nicht nur den Papierkorb!
Den Dosenmüll leer a,
wennst aufräumst, glei' in **Erlaa**!

Frohgemut
Beim Gang durch die Allee sing
ein Ständchen ich in **Essling**

Die Muse zu Karl Orff:
Das, was dir grad durchs Ohr flitzt, Orff,
hört' man noch nie in **Floridsdorf**

Weit unter dem Grenzwert
Es ist der Gehalt von Zink g'ring,
drum trink ma'n Wein aus **Grinzing**

In die Berg bin i gern
Es grämt sich mein alpiner Hals,
kriegt Frischluft er bloß in **Hernals**

Geschäftsfördernd
Weil er dank Viagra kann,
geht ins Puff er in **Kagran**

Lokale Spezialität?
Zerscht muss den Mais er kühlen
fürs Polenta-Eis in **Kaisermühlen**

Waschmaschinenkrise
Es kreischt die Inge: »Iiiii, grau!«
Verfärbt ist nun das Hemd in der **Krieau**

Aufbruch aus dem Gänsehäufel:
Kind, wenn ich dich hier am Strand lasse,
find'st allein nicht heim nach **Landstraße**

Alkoholisierter Lyriker
Wenn ich grad beim Dichten lall,
liegt's am Wein aus **Lichtental**

Liesing x 2
Ich finde viel zu nieder **Liesing**,
weshalb ich seine lieder nie sing …

I'm jumping on the ceiling –
i holds net aus in **Liesing**!

Wer hätte das gedacht?
Es sucht ein alter, rauer Maat
beim Bootsverein in **Mauer** Rat

Schelben blingen Glück …
Deine chinesische Vase in **Meidling**
fiel mir vom Tisch. Tut mir leid, Ming!

Und noch mal …
Worauf die meisten Finnen sparen:
nach **Meidling** (ja, sie spinnen) fahren

Fehler in der Matrix
Plötzlich war ein Tal weg
bei uns z'Haus in **Neuwaldegg**

Nicht nur andere Thermen
Oberlaa
lob er aa!!

Schmückend
Ich kauf an Terracottaring
beim Juwelier in **Ottakring**

Eingebürgerte Chinesen, philosophisch
Im Tischtennis-Club von **Penzing**
fragt Pong: Was hältst du von Zen, Ping?

Neugierig
Sie fragte mich, was ich do raun,
in sein Ohr hier in **Rodaun**

Kasernenalltag
Oje, so rau
san d'Decken in **Rossau**!

Der Winter macht der Straße sehr zu schaffen
Gern tät sie sich in einen Pelz schmiegen,
doch muss sie sich Richtung **Schmelz** biegen

Überseegespräch
Ich wähl die Nummer hier am **Schottenfeld**,
worauf ein Telefon auf den Lofoten schellt

Wege der Liebe
Wenn ich zu meiner Hex saus,
fahr ich oft durch **Sechshaus**

Öffentliches Ärgernis
Am Abend dann in **Sievering**
ich laut vom Ol' Man River sing ...

Weiter Weg
Ich viele Lieder immer sing,
geh ich zu Fuß nach **Simmering**

Sinophil
Auf alle Chinesen steh ich in **Speising**,
sei es nun Wu, sei's Li, sei's Ping!

Einkaufsmisere
Stets gibt es beim Salat Stau
im Supermarkt von **Stadlau**

So ein Zeichner hat's nicht leicht
Während ich noch blöd ink,
feiern s' schon in **Döbling**!

Auftrag, historisch
Beim Viehmarkt in der Vorstadt **Weißgerber**
nur um die allerbeste Geiß werb er!

Doch kein glücklicher Single
Sucht die wen
in **Wieden**?

Außerdem:

Problemkreis: Bestechliche Beamten
Damit ich nicht so lang beim Zoll weile,
kauf zur Bestechung ich Pralinen in der **Wollzeile**

Aus der Übung
Die Gläser sind im **WUK** schlank,
ich dennoch nach an Schluck wank

Frischluft-Gehirnjogging
Ich flücht mich in ein »Patt«! Stark
spieln s' wieder Schach im **Stadtpark**!

Frühjahrsmüdigkeit überwunden
Im **Prater** blüht der Flieder weiß,
in mir erblüht nun wieder Fleiß!

Abendgestaltung
Erst werd ich auf a Viertl gehn
und nachad zu die **Gürtelfeen**!!

Überraschung!
Treff ich dich am **Schafberge**,
bist du ganz schön baff, Scherge!

Von Topfensteuer und Semmelkren: Geschüttelte Kulinarik

Süß:

Der Fiskus macht vor nichts Halt!
Durch Einführung der Topfensteuer
wird das **Golatschen**stopfen teuer ...

Ein tradierter Klassiker
Bäckst du mir keinen **Topfenstrudel**,
werd ich dich nicht mehr stopfen, Trudel

Großzügig
Ausnahmsweis darf kaun er Zipferln
heut von meinen **Zaunerkipferln!**

Spaß mit Basen im Chemieunterricht
Nehmt nun jeder **Linzer Augen**
und lasst sie hier drin zerlaugen

Oma war da ...
Auf jetzt heißt's: den Ort entdecken,
wo s' san, die **Auer-Tortenecken**?

Deutscher Tourist mit speziellen Bedürfnissen
Es würd der Affe mich beim **Billa** lausen,
wärn ausverkauft die »**Lila Pausen**«!

Salzig:

Proviantvorsorge
Langsam rollen wir im Stau gen Langen
und verzehren die mitgebrachten **Laugenstangen**

In den Soukhs
Die, die brav um Krümel baten,
kriegten einen **Kümmelbraten**

Vom Bundes-Forstmann zum Imbissbudenbesitzer
Früher schoss für'n Staat er Bärn
jetzt brät er **Würst'** am Praterstern

Vom Wurstmann zum Bordellbesitzer
Weil satt er hat die **Burenhaut**,
ein Haus er nun (für Huren) baut ...

Das Beispiel macht Schule
Man munkelt auch im **Schnitzelland** schon:
es lebt sich besser von dem Schandlohn!

Zwei Versuche über einen kulinarischen Klassiker
Nach dem Genuss von **Semmelkren**
konnt ich im Traum den Kreml sehn

*

Du kannst Rindfleisch mit **Semmelkren**
ganz selten nur im Kreml sehn

Deftige Vorspeise
Ich ess noch ein Brot mit **Bratlfett**,
während noch das Fadl[6] brät

Tierlieb
Ich koch jetzt **Schinkenfleckerl**
als Finken-Schleckerl

Traurige Schwammerl
Auch wenn sie über den Pilz unkt,
kauft sie ihn doch beim **Zielpunkt**!

Der Chefkoch gibt sich jovial gegenüber dem Lehrmädel
Sorry, Pupperl!
Zu wenig g'würzt, des **Porree-Supperl**!

Abendgestaltung
Heut Nacht geh ich mi'm Werner bürschtln
und dazu ess ma **Berner Würsteln**

Prozentig:

Blech
Beim Wettkampf wurde ich ohne Hass Vierter,
es ging ja nur um ein kleines Fass **Hirter**

Hochprozentig
… schief schaun wir übern Brillenrand
besoffen vom **Marillenbrand**!

6 Fadl = (Span-)Ferkel

Grabbeigaben erwünscht
Er möchte auch fürs Hockergrab,
dass dorten einen **Grog** er hab
*
Im Falle keines Grabs aus schnöden
Motiven tut's auch Schnaps aus Gröden

Unterwegs angebaut
Wo sind die feurigen Huren,
die mit uns zum **Heurigen** fuhren?

Die Achtel-Oper:

Beim Branntweiner (Ouvertüre)
Zoi endlich deine **Ochtln** do,
sonst hoselst a poar Dochtln o!!
(Ü.: Bezahle endlich deine Achteln hier,
sonst wirst du dir ein paar Ohrfeigen einfangen!!)

Gourmetlokal – auch zum Mitnehmen
Ich hätt noch gern ein **Achtel Wein**,
– und packen S' mir a Wachtel ein
*
Und zwar soll's sein ein **Achtel Weiß**
Und geben S' zu der Wachtel Eis
(wegen der Haltbarkeit)
*
Darauf der Wirt:
»Thurgau? Riesling? A **Achtel** wessen?
– Und wolln S' net hier die Wachtel essen?«

Zwischenmahlzeit (Entr'acte)
Ich hab verzehrt ein Ei der Wachtel
und jetzan sauf ich weiter **Achtel**

Alkohol- und Schokoladensucht schließen einander nicht aus ...
(Finale)
Nach dem zweiten **Achtel Schnaps**
kauft er eine Schachtel Naps

Von Hermann Maiers Steuerbescheid: Geschüttelte Österreicher

Historische Abteilung:

Nicht wählerisch
Es war **Erzherzog Albrecht**
zum Kicken jeder Ball recht

Es dachte sich der Kronprinz
Is mir heute fad, pirsch
i gschwind ume zum **Bratfisch**

Lebemann Rudolf
Was einst der **Kronprinz** brauchte, Leute,
war Portwein und erlauchte Bräute ...

Aus dem historischen Tagebuch eines Kochs
Manchmal mochte keinen Meerrettich der **Metternich**.
Machte mehr Rettich ich, behandelte er netter mich!

Politisches:

Grünenchef x 2
Suchte der Zoll beim **Van der Bellen**
nach einem Stapel Pandafellen,
im Keller dorten fänd' er Ballen
davon, erlegt mit Bänderfallen
*
Glaubst du, kann der **van der Bellen**
den Baum dort an der Bahn derfällen?

Friseuse nach Politikerbesuch
Jetzt die Hoa kehr
ich auf vom **Chorherr**

Aus dem Online-Standard
Die Motte lebt vom Hemdenfraß,
die **FPÖ** vom Fremdenhass

Politisch verjährt:

Die Supp', die **Wolfgang Schüssel** brockt,
selbst den Gourmet in Brüssel schockt
(anonym)

Man muss die Ösis leider hassen,
wenn sie ans Steuer **Haider** lassen
(geschüttelt anno '99)

Aus dem Online-Standard anno 2003
Ob es einen Lehrer gibt,
der die **Liesl Gehrer** liebt?

Was wird jetzt wohl dem **Grasser** blühn?
Ausschaun tut mehr als blass er, grün!

Kunst & Kultur:

Immer diese Künstler
Man fragt in Linz: Hat Kummer **Stifter**?
Er wird ja immer stummer. Kifft er?

Hoffnung der Autoren-Konkurrenz
Ich lang schon auf den Tag lauer,
an dem er floppt, der **Glattauer**!

Literatur-Dummerl, ertappt
Du fragst, wer »Bambi« schrieb, ja, bei der kalten Sopherl[7] –
das war doch **Felix Salten**, Kofferl!

Immerhin schön bunt
Was an ihm dran sei, wundert Hasser
des Häuslbauers **Hundertwasser**

Düdeldüdeldü-dü-dü
Oft ist beim Heurigen das Honora' Kas,
drum schrieb lieber für'n Film, der **Anton Karas**

Talent ist nicht alles
Ich geh mit dir ins Stroh nie, Dicker!
Selbst wenn du geigst wie **Toni Stricker**

---

[7] Eisheilige

Nach der Premiere
Tenöre, die an Möbel lahnen,
die wird der **Karl Löbl** mahnen

Schottenbergs Glück und Ende
Führt erst Regie der **Otti Schenk**,
wird's für die Film' vom **Schotti** eng

Statt Forelle für'n Schubert
Dieser Zander
is für'n **Danzer**

Duell
Ich forder
den **Dorfer**!

TV:

Weil's in Köln aufgezeichnet wird
Gestern im Fernsehen: ich sah Inger
im Publikum bei **Assinger**

Kottan ermittelt: Kein Kaffee für den Präsidenten
Es gebricht ihm doch an Mut: Der **Pilch**
trinkt statt Kaffee jetzt Buttermilch

Nicht überall beliebt
Am Lande schimpfen s' auf das Wiener-Pack sauer,
wenn's gibt im Fernseher den **Mundl Sackbauer**

Sport:

Tod und Steuern ...
Am Siegerstockerl: Wer stört **Maier**?
Kein Gegner; nur die Mehrwertsteuer

Fußball mal 3 – anlässlich der WM ’98

Die Menge schrie: »Triff, **Pfeffer**!«
Er tat’s und dann der Pfiff: Treffer!

*

Gefinkelt schoss der **Herzog** flach.
Besiegt der Torwart, er flog zach!

*

Man munkelt, dass der **Wohlfahrt**
bei an Match einst voll ward!!

Chronik:

Gedanken über den ***Franz-Fuchs****-Prozess:*
Ich find, dass er kan leichten Stand hat,
find’t der Prozess doch ohne Hand statt.

Quellen und Schüttelreimspender

Burgenland:

Johannes Leuthner: *Pinkafeld, Stinatz*
Manfred S.: *Rust 2*
Ernst Steindl: *Rust 1*

Kärnten:

Erwin B.: *Klagenfurt (1), Krumpendorf*
Ernst Steindl: *Finkenstein*
Klaus Uhlich: *Hermagor, Klagenfurt (2), Velden*

Niederösterreich:

Karin L.: *Bockfließ*
Johannes Leuthner: *Breitenwaida, Gainfarn, Grünbach, Hollenthon, Kledering, Ravelsbach, Waldenstein, Wartmannstetten, Wiesmath*
Norbert Morin: *Mönktal*
Stefan Neuwinger: *Mistelbach, Wiener Becken*
Erwin P.: *Baden*
Christoph Prückner: *Bruck an der Leitha*
Peter Schmidt: *Amstetten, Stein, Südstadt*
Manfred S.: *Höflein, Orth*
Ernst Steindl: *Pirawarth, Schwarzenau*
Klaus Uhlich: *Hohe Wand*

Oberösterreich:

Erwin B.: *Heagschroa/Hühnergeschrei*
Johannes Leuthner: *Linz, Schlägl, Windischgarsten*
Peter Schmidt: *Grein (mal 2)*
Ernst Steindl: *Attersee*

Salzburg:

Johannes Leuthner: *Flachau, Fuschl*
Stefan Neuwinger: *Salzburg*
Ernst Steindl: *Wallersee, Radstadt*

Steiermark:

Georg Maché: *Liezen*
Norbert Morin: *Haufenreith*
Johannes Leuthner: *Krieglach, Modriach*
Manfred S.: *Schladminger Tauern*

Tirol:

Johannes Leuthner: *Nassereith*
Stefan Neuwinger: *Innsbruck*
Peter Schmidt: *Schmiedatal*

Vorarlberg:

Johannes Leuthner: *Schrunz*

Wien:

Erwin B.: *Landstraße, Meidling 1, Penzing, Sechshaus*
Karin L.: *Liesing (engl.)*
Johannes Leuthner: *Gürtelfeen*
Norbert Morin: *Floridsdorf*
Stefan Neuwinger: *Liesing, Meidling 2*
Peter Schmidt: *Erdberg(er), Sievering, Stadtpark*
Klaus Uhlich: *Schottenfeld*

Kulinarik:

Phillip G.: *Heuriger*
Lies K.: *Schnitzelland*
Karin L.: *Marillenbrand*
Johannes Leuthner (»Hene«): *Berner Würstel, Lila Pausen, Porree-Supperl*
Norbert Morin: *Kümmelbraten, Tortenecken*

Stefan Neuwinger: *Burenhaut, Topfengolatschen*
Erwin P.: *Hirter*
Manfred S.: *Bratlfett, Laugenstangen*
Susanna Speckmayer: *Semmelkren 2*
Ernst Steindl: *Grog & Schnaps*
Uhlich Klaus: *Semmelkren 1*

sowie *»Die Achteloper«* von Peter K., Johannes »Hene« Leuthner, Erwin P. und Peter Schmidt

Leute:

Erwin B.: *Haider, Metternich*
Brigitte Grohmann: *Grasser*
Peter K.: *Franz Fuchs*
Johannes Leuthner: *Van der Bellen (vierfach), Andreas Herzog, Anton Pfeffer*
Norbert Morin: *Karl Löbl, Hermann Maier, Pilch*
Stefan Neuwinger: *Van der Bellen, Rudolf*
Christoph Prückner: *Hundertwasser*
Alexander R.: *Stifter*
Helmut Schuster: *Toni Stricker*
Christian Wiesinger: *Mundl Sackbauer, Felix Salten*

Harald Havas

Lebt als Autor von Sachbüchern, Drehbüchern und Comics im Bereich Humor, Kinder und »nutzloses« Wissen in Wien. Zuletzt erschienen von ihm »Martha Pfahl am Marterpfahl« das »Wiener Sammelsurium«, das »Habsburger Sammelsurium« und »Die größten Gefahren Österreichs«. www.havas.at

Herr Havas legt Wert auf die Feststellung, dass die besseren Schüttelreime in diesem Buch natürlich von ihm sind.

Nicole Kolisch

Lebt als Schauspielerin, Journalistin und Autorin samt Kindern und Katze in Wien.

Widersteht sprachlichen Versuchungen selten, hat aber noch nie einen echten Windhund mit Glaspapier gefüttert.

Frau Kolisch legt Wert auf die Feststellung, dass die besseren Schüttelreime in diesem Buch natürlich von ihr sind.